張小嫻 著

愛上了你

天津人民出版社

爱上了你

三月中，刚刚完成了长篇小说《我在云上爱你》，马上就要着手辑录这本散文精选，部分的思绪还停留在小说上。早阵子读了一部日本小说，男主角是一名出版社编辑，里面有一段，他抱怨说："某某神经质作家定稿之后还修改了七次。"看到这里的时候，我才惊觉自己原来也是个神经质。每次定稿之后，我何止修改七次？七十个七次，也是可以的。直到书要付印，我才舍得放手。

然而，已经出版的小说，我不会再拿出来大篇幅地修改。不改，不是因为觉得自己从前写得好，而是一旦改了，便不再是当时的我了。纵使那时候写的东西多么稚嫩，它毕竟代表了那个时候的我。人没法抹掉过去的稚拙，也没必要抹去。要是我把我第一部小说《面包树上的女人》重改一遍，也不一定比当年的版本好，那么，不如努力面前吧。

这本散文精选里的文章，我也并没有大幅度修改，只是选我自己喜欢的、不过时的，也加入一些新写的。已经两年多没写报纸专栏了。那时，每天的专栏是我生活的一部分，甚至是牵挂。早上起来，提笔写的第一篇文章，便是报纸的专栏。一天之中，不管是在家里看书、工作、洗澡，或是在外面跟朋友吃饭、逛街，甚至在旅途上，脑子里常常会惦念着明天写些什么。决定不写了，竟然没有不习惯，甚至连怀念都没有，因为许多新的工作等着我，我在《AMY》和《Oggi》也仍然有专栏。爱情和生活里某些曾经重要的东西，大抵也是这样吧？当时以为不会舍得,也没法失去,到头来却可以那么潇洒。这次选的文章,其中一篇,已经是多年前写的,今天重看,篇里有一句却让我看了伤感:"曾经付出的深情,再也无觅处。"

那时候,我为什么会写下这么沮丧的句子呢?多年来,常常有人问我:"你觉得爱情是什么?"这是一个我没法回答的问题。若问"爱情是什么?",那就等于问:"人生有什么意义?"这些都是我年少的时候才会天真地想的事情。人长大了,也明白了爱情或人生,都不是一个问题,而是一个奥秘。

我得承认,我不懂爱,但我爱过,也被人爱过。不管两个人之间后来变成怎样的关系,我们永远会怀念爱上对方的那个瞬间。在悠长的岁月中,在奔流不息的回忆里,那短短的瞬间,我们曾经跟人生的奥秘那么接近。

爱上了你,身边的世界骤然变得寂静了,就在那短暂的片刻,我在镜花水月的生命中抓住了幸福。只要还跟你一起,就连思念都是甜蜜的折磨。

张小娴

二〇〇五年七月四日
于香港家中

目 录

第一章 可爱与可恨

她什么时候觉得对不起家里 …… 003
女人和她妈妈 …… 004
比任何一个男人更深 …… 005
不要寻觅他的过去 …… 006
优雅的追求 …… 007
我担心你会死 …… 008
舍就是取 …… 009
一个钱币的两面 …… 010
一厘米一厘米地介意 …… 011
他要你的电话号码 …… 012
女人的弱点 …… 013
赐他甘霖雨露 …… 014
女人的矛盾 …… 015
他曾经给我许多希望 …… 016
二合一 …… 017
没钱?没工作?没男友?没关系! …… 018
补鞋匠的夏天 …… 019
"不"和"是" …… 020
吻无能 …… 021
湿湿的舌头 …… 022
忘了才可惜 …… 023
情史 …… 024
数臭 …… 025
酸姜的眼泪 …… 026
辜负了旧情人 …… 027
最难忘的旧情人 …… 029
我应该提起你吗? …… 030
残忍的希望 …… 031

光阴之于女人 …… 032
忘记了自己的衰相 …… 033
多一点,多一点 …… 034
穿大V领低胸上衣的旧情人 …… 035
钻石是男人的肾石 …… 036
星星是穷人的钻石 …… 037
这不是暗示 …… 038
我想你爱上我 …… 039
但愿我现在年轻 …… 040
男人为什么害怕承诺 …… 041
可爱与可恨 …… 042
他会变成一个怎样的男人? …… 043
我要成为你书里的男人 …… 044
天上的星星有几多? …… 045
月台上的三次偶遇 …… 046
男人为什么有那么多压力? …… 047
男人在早餐说的话 …… 048
对不起 …… 049
老婆跟了人 …… 050
男人三十五 …… 051
毁约的男人 …… 052
没有兑现的承诺 …… 053
三十年风流 …… 054
下半身是情人 …… 055
有时笨,有时不笨 …… 056
他可以追到你 …… 057
男人的世界 …… 058

第二章　我不会爱上你

两个身材不好的人 …… 061	我这样去爱有错吗? …… 086
就在一瞬间 …… 062	伤人至深的武功 …… 087
不敢相信 …… 063	因为没时间了 …… 088
不是恨晚,便是恨早 …… 064	伤心人坐的士 …… 089
有情有债 …… 065	爱情八件事 …… 090
包底 …… 066	情是永远 IN …… 091
爱情 Bodyguard …… 067	不要有那种神情 …… 092
如同陌路人 …… 068	愿意冒死一试的病毒 …… 093
转机站 …… 069	都是不怕死的 …… 094
暗恋对象的死亡 …… 070	我不会等到那一天 …… 095
两个女孩子流泪 …… 071	与次选漫游 …… 096
心碎先生的选择 …… 072	如果时间变换 …… 097
是震撼,也是无力感 …… 073	Soooooooooooooo …… 098
期待,微笑,然后哭泣 …… 074	高傲地发霉 …… 099
失约和等待 …… 075	爱情意外收获 …… 100
幸福总被思念所淹没 …… 076	你爱我百分之几? …… 101
爱情挂号 …… 077	价无情,值有情 …… 102
他们只能做好夫 …… 078	不要看着我换衣服 …… 103
就当是修辞学吧 …… 079	照顾与"照住" …… 104
究竟爱到什么程度? …… 080	提早离场 …… 105
欺骗女人的高手 …… 081	没资格结婚 …… 106
贫穷的赌徒 …… 082	到底有还无 …… 107
我永远不要让你知道 …… 083	我不想像你这样 …… 108
跟三十岁恋爱,被四十岁爱 …… 084	情话转播站 …… 109
守护天使 …… 085	

第三章　你就相信吧

过客 …… 113	突然愿意结婚 …… 115
永远也不要回头 …… 114	没有回报的等待 …… 116

你会为我死吗？	117
螺丝钉的承诺	118
街头冷战	119
不如，我们不要再吵架	120
冷战必须结束	121
不如重新结束	122
最阴毒的陷害	123
为了别人的信任	124
我没嫌弃你	125
当女朋友约了旧男朋友	126
填补别人空档的你	127
你就相信吧	128
怎见得你爱我？	129
接吻的处境	130
没有我你闷不闷	131
昨天晚上找不到他	132
三十一岁和二十三岁	133
再过一万年之后	134
星期五晚的月光	135
没有你，我也可以过日子	136
到了夏天我就离开	137
忽然一走	138
他不会永远俯伏在你跟前	139
别这样，会让人看到的	140
在三十岁前把他换掉	141
他才不会这样对我	142
以青春换明天	143
为了脱离某种生活	144
哭泣的踏板	145
谁是最后一个？	146
不要你怀念她	147
爱上两个脑袋和身体	148
一支永远不会完的歌	149
把你捧到天上的男人	150
如果她选择向你说谎	151
不要代替任何人	152
没有声音的日子	153
大家的那个	154
扫走肩膀上的灰尘	155
没睡过的旧情人	156
不是带挈就是负累	157
爱火，未许重燃	158
我不来，也不走	159
了解话的含义	160
我待你很好	161
三十四天	162
累人的幻想	163

第四章　爱的游戏

逝去的诺言	167
忏悔是残忍的	168
相遇不是巧合	169
最终，你想得到什么？	170
一推、二托、三安定	171
假装看不见你	172
是时候做点善事了	173
无法沟通的天空	174
太老而又太年轻	175
世上没有免费汤水	176

冷漠的人清醒	177
不过是一块跳板	178
以改变换改变	179
无法不说再见	180
被担架床抬回去	181
小车厘子的"怀念"	182
最后一集	183
某年某天某地	184
流最多眼泪的一句话	185
只想换他垂顾	186
一生最重要的两个字	187
前世	188
光源	189
为他留一盏暖的灯	190
我微笑,是为了你微笑	191
得到一个人	192
失去时,拥有时	193
若即若离	194
鸡鲍翅还会远吗?	195
把女朋友赶走	196
后悔和你睡	197
也是一种祝福	198
啊!不要长大	199
你是聪明的吗?	200
他不陪你吃饭?	201
永远的地址	202
检查他的浴室和厨房	203
检查他的书房和客厅	204
微妙的巧合	205
年龄的秘密	206
你无辜的眼睛	207
空眼与淫眼	208
爱的游戏	209
Why you?Why me?Why not?	210

第五章 爱情权力榜

你还记得他的生日吗?	213
盟约	214
醒悟	215
在这个细小的都市里	216
离开女人的手法	217
句号,不是由你来画上的	218
Call Waiting 情人	219
他思念的,只是……	220
你一定是对的	221
不变心的情人	222
书和人的回甘	223
一辈子饮恨	224
他有没有伤害了你?	225
粗糙的告别	226
我的电话号码还是跟以前一样	227
不是怎样,是必须	228
上面还是下面	229
十四年的耽误	230
失意比失恋严重	231
复仇的小丑太苍老	232
七天的爱情	233
过去了,都过去了	234
我们变调了	235
不想分手的理由	236

不要再投资下去了	237	除你以外的快乐	247
爱情勤工奖	238	如果没有你	248
吻一个你不爱的人	239	爱情权力榜	249
他能抱一个他不爱的人	240	情人是一种叛逆	252
再也无觅处	241	没有嫁给你	255
不要相信有王子	242	爱情的风光	256
我们的单车	243	万物有时,爱情也有时	259
想要去睡觉了	244	不如暂停一下	260
相同的时光	245	爱情,本来就是邪教	261
你曾是我的全部	246	最伟大的爱原来是——	262

第一章
可爱与可恨

女人的爱情，就是赐予一个男人从未有人赐予他的东西。我们必须相信，我赐予他的，是最独特的，是他从未尝过的甘霖雨露。

她什么时候觉得对不起家里

女孩子什么时候会觉得对不起家里？

那是她爱上一个男人的时候。

她是家里的宠儿，父母虽然不富有，但却十分疼她、迁就她。她在家里，绝对不需要做任何家务，妈妈连碗盘都舍不得让她洗。这么大的一个人了，连穿过的内裤，也是妈妈替她洗的。每天早上，妈妈叫她起床，她还要赖在床上发脾气，骂妈妈：

"不要吵醒我。"

妈妈唠叨几句，她立刻就板起脸孔说：

"你很烦！"然后大力摔上房门。

爸爸比妈妈更疼她，她喜欢什么，爸爸都尽力满足她。她半夜三点钟才回家，爸爸也爬起到楼下接她。她考试成绩不好，爸爸特意请假陪她到处去找学校。

她一直觉得家人这样对她，是理所当然的，直至她苦恋一个男人。

她竟然替他洗内裤、倒垃圾、刷地板、收拾床铺、到超级市场买日用品。

他明天有重要事情要早起，她竟然坐在那里不敢睡，为了明早要唤醒他。

他向她发脾气，她哭着问他：

"我有什么地方不好，你告诉我，我会改的。"

他赶她走，她抱着他的腿说：

"我很爱你，求你不要赶我走。"

他掴她一巴掌，她含泪问他：

"我做错了什么？"

午夜梦回的时候，她终于知道，她多么对不起家里。

女人和她妈妈

女人和自己的妈妈最投契的时候应该是在她嫁人之后。

在反叛的青春期，女孩子觉得妈妈说什么都是错的。

妈妈说："男人都是花心的。"女儿就会反驳："你不能把你的经验套在我身上，我喜欢的男人是与众不同的。"

妈妈说："选男人要选一个有经济基础的，不要嫁穷小子。"女儿不满地说："妈妈你太势利了，我可以跟他挨。"

妈妈说："这个男人靠不住。"女儿说："我比你了解他，你为什么看扁人？"

妈妈说："不要太早嫁人，嫁了人，你就失去了自由。"女儿说："妈妈你不也是很年轻就嫁给爸爸吗？"

女儿告诉妈妈："我要嫁给这个男人。"妈妈劝她："你不需要考虑一下吗？"女儿说："我现在就要嫁给他。"

女人做了别人的太太之后，终于明白妈妈从前所说的，原来都是真的。她发现丈夫和她爸爸竟然出奇地相像，他们都拥有同一堆缺点和劣根性。男人，原来都是同一个样子的。婚前婚后，完全是两个人。

于是，母女见面，各自数落自己的丈夫，数得咬牙切齿。母女两人，经过了那么多日子，终于心灵相通，十分投契。而旁观的爸爸和女婿，也终于发现，女人都是同一个样子的，她们最终都会变成她自己的妈妈或你的妈妈。

比任何一个男人更深

当我们被自己所爱的男人欺负时，我们会想到另一个男人。这个男人，我们平常没怎么理他，也没怎么关心他。情人节、平安夜和除夕这些节日，我们不会陪他。我们不会花心思为他庆祝生日，我们不会为他流泪。我们不会每天思念他。我们不会对他千依百顺，不会迁就他，不会为他牺牲一些什么，也不会为他改变。

这个人，就是我们的爸爸。

即使平常和爸爸的关系不是太亲密，甚至不是太好，一旦我们被自己爱着的男人欺负和伤害时，我们都曾经冲动地想过要找爸爸来跟他理论。

我真想跟他说："你不要跟我解释，你去跟我爸爸解释！"

我真想告诉他："如果我爸爸知道你这样对我，他是不会放过你的！"

即使爸爸从来没有说出口，即使我们两父女从来没有好好地谈过，我也知道我永远是爸爸心目中的小公主，是他的心肝宝贝。他不会介意我长得不漂亮。他不会容许任何男人欺负我。他甚至会为我舍弃生命。

为什么我竟然忘记了他？为什么当我被其他男人伤害的时候，我才猛然醒觉，他对我的爱，比世上任何一个男人更深？

不要寻觅他的过去

《情书》里的渡边博子寻觅死去的男朋友藤井树的往事，结果却让她发现男朋友曾经喜欢一个与他同名同姓的女同学，那个女同学甚至长得跟博子一模一样。

他所爱的，到底是藤井树，还是博子？

知道自己的男人曾经那么深情地喜欢一个女孩子，自己会快乐吗？

何必寻觅一个男人的往事？

他的孩提时代、少年时代，跟你认识以前的日子怎么过，这一切，知道也无妨，但他过去爱过什么女人，最好不要知道。

数年前，报载一名中港货柜车司机被杀，起初大家以为是劫杀，他的妻子哭成泪人，后来，公安调查发现他是因为嫖妓而被杀，他的妻子顿时无泪。

如果她一直相信他是为了养妻活儿，在工作中遇害，她会否觉得自己幸福一点？

无论男人已经不在，或是此刻在你身边，也无谓了解他过去每一段恋情的细节。

他必然同样地深爱过一些女人，他必然也对她们说过一些今天对你说的情话，他必然也曾经为一些女人痛苦，跟一些女人在床上缠绵。

他说："你是我最爱的女人。"你就相信吧，何必要找证据去证明你不是他最爱的女人？

优雅的追求

有些女孩子是从来不会主动追求男孩子的,并非保守,而是性格使然,正如有些人爱吃咸,有些人爱吃甜。女人作主动,没什么不对,可是,如果由始至终都是女方主动,那又未免太不矜贵了。

女人的追求和男人的追求是不同的。男人的追求可以是一面倒,死缠烂打。女人的所谓追求,应该是表态。

主动约会一个男人,吐露倾慕之情,主动牵他的手,送花给他,送礼物给他,为他庆祝生日,他病了,主动去照顾他,这都是表态方法。如果已经这样表态了,男人还是不采取主动,就是女人的追求失败。

所有的追求都应该有个底线,女人的底线应该比男人的底线定得更严格,你都主动牵着他的手了,他还不主动约会你,他会有多喜欢你?死缠烂打下去,只会让男人沾沾自喜,他觉得你不矜贵,也不会珍惜你。

有些男人分手时跟女人说:"当初是你主动的。"那是因为女人当天把自己的底线定得太后,差不多是送上门去。

爱情不是愚公移山,表态之后,得不到响应,在明知不可为的时候放弃,是最优雅的了。

有些女人以为女追男的底线是主动向男人献身,要献身才得到垂顾,太不优雅了。

我担心你会死

手提电话广告中，杨采妮在电话里对黎明说："你不听电话，我会很担心你的。"

他不听电话，只是为了打篮球。

男人永远不会明白女人担心些什么。

一天听不到女朋友的声音，女朋友说过会找他而没有找他，女朋友不知道去了哪里。这个时候，男人竟然可以继续工作、跟朋友聊天、躲在家里听音乐。他竟然不担心女朋友说不定发生了意外。

她会不会走在街上时被从高空掷下来的一节电池扔中？

她会不会经过运动场外面时，被里面一个运动员掷出的铁饼扔中？

她会不会遇上色魔？

她会不会遇上交通意外？

男人一点也不担心，他甚至取笑这种想法。然而，当女人找不到男朋友，听不到他的声音，很自然就会担心他遇上意外。

一节从天而降的电池就可以将他们永远分开。爱开快车的他，也许永远不会回来了。女人愈想愈担心，很后悔最后一次见面时没有好好珍惜。这时，男人突然出现，莫名其妙地问女人："你担心些什么？"

我担心你会死！

这种想法也许很可笑，那是因为我爱你。爱，总是使人联想到死。

舍就是取

我们常说取舍，取是得到，舍是放弃，可知道有时候要舍才可以取？肯舍，才能取得更多？不懂得舍，也就不懂得取。舍，也就是取。

聪明的女人，在舍的时候，就得到她想要的东西。

女人对男人说："你不要理我，你忘了我吧。"男人偏偏不会忘记她，偏偏要理她。

女人对男人说："你不用跟她分手，我退出好了。"男人却会留在她身边。

女人说："你不要为我做任何事。"男人才会为她赴汤蹈火。

女人给男人自由，男人才肯受束缚。

女人不肯结婚，男人才会向她求婚。

女人不要男人的钱，男人才会把钱送上门。

女人不要名分，男人就给她最多的爱。

女人说："我不恨你。"男人才会觉得欠了她。

女人说不要，她将会得到最多。

女人首先了断一段腐烂的关系，她将得到最大的尊严。

贪婪地取，到头来只会失去。

愿意舍弃，反而取得更多。

情场上的胜利者，通常不是那些什么都要的女人，而是那些肯舍弃某些东西的女人。

一个钱币的两面

大病初愈,死里逃生的朋友,顿悟了人生,他说:"快乐和痛苦就像一个钱币的两面,你有权掷出一个钱币,却无能力决定掷出来的那一面,是痛苦还是快乐,如果能够减少身边的人的痛苦,自己也许会比较快乐。"

这个道理,谁不了解?除了那些混世魔王之外,没有人会刻意增加别人的痛苦。

所有的分手,都是把自己的快乐建筑在别人的痛苦上。

我曾经想令你快乐,无奈最后却令你痛苦,并非我所愿。

两个人在一起是为了快乐,分手是为了减轻痛苦,你无法再令我快乐,我也唯有离开,我离开的时候,也很痛苦,只是,你肯定比我更痛苦,因为首先说再见,首先追求快乐的是我。

一个钱币的最美丽的状态,不是静止,而是当它像陀螺一样转动的时候,没人知道即将转出来的那一面,是快乐或痛苦,是爱还是恨。

快乐和痛苦,爱和恨,总是不停纠缠。

一厘米一厘米地介意

当我们愈年轻的时候，我们愈会介意男朋友的高度。

我们会一厘米一厘米地介意。他只比我高三厘米，委实太矮了。我的理想是找一个比我高十五到二十厘米的男朋友。

他的高度跟我一样，那太难看了，虽然我也有一六五厘米，但他是男人，应该高一点。

他比我矮，那是很严重的事！他对我很好，我也爱他。我们一起两年了，但我还是介意他的高度。他为什么不长高一点？他长高一点，一切便很完美。他的高度成为这段情最大的遗憾。朋友会取笑我找了一个比自己矮的男人，虽然他已经是他家里长得最高的一个，但那又有什么用？为了他，我连高跟鞋也不敢穿。我一直嫌自己不够高。如果我嫁给他，那么，将来我们的孩子也不会高到哪里。为了孩子，说不定我会变心。

当我们年纪大了一点，我们对于男朋友的高度也会宽容一点。虽然他没拥有我理想中的高度，但他有很多优点。只要我不介意，谁又敢取笑我们？我们将来的孩子，只要勤力跳绳和打篮球，一定可以战胜遗传基因。

当我们的年纪再大一点，我们更清楚男人的脑容量和荷包的重量远比他的高度重要。那段一厘米一厘米介意的岁月，是太不会想了。

他要你的电话号码

大部分女孩子都有过这种经验吧?

初次约会的男人,送你回家,跟你说再见的时候,战战兢兢地问你要电话号码。

你带着微笑,把电话号码写在他的记事簿上、他的手上,或者说给他听。

总有一些男人,笨笨地说:

"我可以要你的电话吗?"

你笑着说:"我的电话不能给你,我的电话号码可以给你。"

不管将来怎样,被一个男人问到电话号码,是每一个女人的荣誉。

十七岁的时候,我们渴望像姐姐,或者像早熟的同辈朋友那样,跟一个男孩子邂逅,然后,在说再见之前,他问我要电话号码。那一刻,就像被一个人捧在掌心里。

二十七岁的时候,我们回忆起更年轻的时候,不是有好几个男孩子问我要电话号码吗?

那些时刻,原来是一个女人一生中挺愉快的时光。

那个男人现在在你身边,但是他不会再患得患失地问你要电话号码了。那个男人现在不在你身边,但你不会忘记,是他首先问你要电话号码的。

地久天长的爱情,不会每一刻都愉快,但是,被男人问到电话号码的那一刻,永远都愉快。

女人的弱点

米兰·昆德拉的小说《生活在别处》的主角雅罗米尔是一位诗人,有条件爱上一个漂亮的女人,然而,他却选择了一个并不漂亮的红发女孩。红发女孩深感自卑,她觉得自己委实配不起诗人。一天,她问雅罗米尔:"我真不知道你看上了我哪一点?周围有那么多漂亮的女孩。"

雅罗米尔说,她乳房很小,发育不全,她有大而多皱的乳头,这只会引起怜悯而不是热情。他告诉她,她的脸上生有雀斑,她的头发是红色的,她的身材很瘦,这都是他爱她的理由。

红发女孩感动得眼泪夺眶而出。

肯坦白地说出女人身上的缺点的男人有两种,一种是好男人,一种是坏男人。

好男人对女人说:

"你的鼻子小,胸部也小。"

他有勇气坦白,因为他真的不介意。这虽然不是他爱她的理由,但这一切并没有阻碍他对她的爱情。他以为外貌并非最重要。

坏男人对女人说:

"你的胸部小,嘴巴大,脚比较粗。"

目的是令女人失去自信心,那么,他便比较容易征服这个女人。

女人听到男人数说你的缺点,该分清楚他是好男人还是坏男人。坏男人通常在相识不久后便指出你外貌上的缺点,他想尽快得手。

赐他甘霖雨露

每个女人都希望赐予一个男人从未有人赐予他的东西。

他从来没尝过女人为他细心熬的一碗老火汤吗？她就为他熬汤。

从来没有女人为他下厨弄即食面吗？她就在寒夜里亲自下厨为他弄一碗热腾腾的即食面，还在面里铺上火腿和荷包蛋。

从来没有女人为他做家务吗？她愿意为他擦地板。

从来没有女人这么爱他吗？她会很爱很爱他。

从来没有一个女人可以和他一起追求梦想吗？她愿意做这个女人。

可是，这一切一切，也许都是女人一相情愿罢了。

当她为他熬汤，她总是希望从来没有女人为他熬汤。

当她自认很了解他的时候，她总是以为没有女人比她更了解他。

女人的爱情，就是赐予一个男人从未有人赐予他的东西。我们必须相信，我赐予他的，是最独特的，是他从未尝过的甘霖雨露。他是我的，我也是他唯一的。这个"唯一"，不是数量，是素质。

女人的矛盾

你宁愿你所爱的男人虚伪但令你快乐,还是老实却令你伤心呢?

当一个男人为另一个女人另一段爱情抛弃家庭,其他男人都说他傻。

他们说:

"有婚外情也不用不打自招,向老婆剖白一切的呀!"

作为男人,应该明白婚姻以外的性与情,并非天长地久,怎能够感情用事?

外面的一切原来都是镜花水月,可怜的男人最终会一无所有。

至于另一些男人,他们不断有婚外情,却能把老婆哄得帖帖服服,让她以为自己的丈夫是世上最坚贞的男人。

这些男人振振有词地说:

"欺骗一个女人十年,可以令她快乐十年,总好过重重地伤害她一次,令她痛苦十年。"

只是,左右逢源的男人,若不是虚伪,怎办得到?

敢于剖明真情的男人,不忍心欺骗女人,也不想欺骗自己,宁愿老实。

要是在从前,我必定义无反顾选择老实却令我伤心的男人,因为我讨厌谎言。

当年岁渐长,创伤渐多,却害怕承受不起真相。这也许是女人的矛盾。

他曾经给我许多希望

分手时,不要埋怨:
"他曾经给我许多希望——"
有哪一个男人在开始时不曾给女人许多希望?
即使是一段最绝望的关系,男人仍然会给女人许多希望。他对她说:
"我会离开她的。"
"我会离婚的。"
"我会跟你结婚的。"
每一段爱情的开始,总是充满希望的,而这些希望通常是男人给女人的。
有哪一个男人在热恋时没提过要跟这个女人结婚?
男人给女人一些希望,就如同他给女人一些承诺、一些保证和一些幻想。他不可能不让她萌生希望,否则她才不会跟他上床。
男人的希望,的确只是希望而已,他希望他可以,或许他可以,他只是不排除这个可能。
可怜的女人,在接收了男人给予的希望之后,立刻就在脑子里描绘出一幅美丽的图画。当这幅图画破灭,有否想过,不是男人食言,而是我们一相情愿?所以,何必抱怨?你早就应该知道,只有爱情可以令我们满怀希望而又失望得那么彻底。

二合一

凡是二合一的产品，品质都不会好到哪里。

二合一洗头水出现之初，大家趋之若鹜，使用之后，才发现这种把洗头水和护发素合而为一的洗头水，质量低劣，多用几次，就有头皮屑。有些人用了之后，更开始脱发。

洗面奶和磨砂膏二合一，质量也奇差。洗面和磨砂根本是两回事，洗面是清洁面孔，磨砂膏是去死皮，一张脸，怎能天天这样磨？

冷气机和暖气二合为一，同一部机子，夏天时吹出冷气，冬天时吹出暖气，好像很理想，但用过的人都知道这种机子最容易坏。

一部影碟机，可以看 LD，又可以看 VCD，还可以听 CD，质量一定比不上一部独立的影碟机。

如果有一种药膏，又可以涂，又可以吃，你敢不敢吃？

但凡高质量的产品，绝不会是多种用途的。二合一或三合一、四合一等，不过是降低品质来迎合懒人或没有要求的人。

女人也不要希望找到一个二合一、三合一或四合一的男人，他富有又博学、英俊又专一、事业有成，同时又情深一往，那是不可能的。所有好处不可能在同一人身上出现。

世上根本没有二合一的好男人和好东西。

没钱？没工作？没男友？没关系！

　　刚刚大学毕业的 J 和 K，仍然找不到工作，又给男朋友抛弃，手上仅余的钱，也不敢乱花。但 K 比 J 乐观。K 相信，希望在明天。

　　没钱、没工作、没男朋友，虽然很惨，还不至于是世界末日。没有明天，才是世界末日。

　　有一位女读者每年书展都带着一束漂亮的花来找我。今年，她告诉我，她妈妈最近遇到意外丧生了。这个漂亮的女孩子以前有很多感情问题。现在，她愿意用所有这些痛苦和烦恼来交换她妈妈的生命，也不可能。她妈妈永远不会回来了，现在只剩下她爸爸、弟弟和她。她要负责家务。她说："我现在才知道洗衣服和做饭是很辛苦的。"

　　比起生命，钱、工作和男朋友又算什么呢？你曾经以为那个痛苦好比一块大石头那么大，多少年后，当你经历更多，你会发现，那个你曾经以为很大的痛苦，不过像一颗红豆那么小。然后，你会微笑承认，你有时候把事情看得太严重了。

　　只要还活着，而且有梦想，明天，你会找到工作、男朋友和钱。

补鞋匠的夏天

旧居附近有一位补鞋匠,他的"地盘"就是一条狭长的陋巷,他长年累月坐在一张小板凳上,低下头来替客人修补破旧的皮鞋。我不记得他的容貌,因为他的脸总是脏脏的,手也是脏脏的。那陋巷里,常常传来一阵阵旧皮鞋的臭味。

夏天的夜里,补鞋匠会脱掉上衣在那里一边补鞋一边唱歌,他是外省人,我听不懂他唱什么。

一年夏天,他中了六合彩的安慰奖,奖金好像有几万块钱,自此之后,有一个女人常常来找他,说是拿鞋子来修补,但是很多时候,她都是站在那里跟他聊天,以她仅余的风情来勾引他。他带着这个女人上酒家吃最好的东西,陪她买漂亮的衣服,又和她去了一趟新加坡旅行。她戴着他买的金器四处炫耀。后来,他那笔奖金大概花得七七八八了,那个女人也没有再出现,他又回到陋巷里修补破鞋。

那天晚上,我经过旧居,特意去看看他是否还在那条陋巷里补鞋,事隔这么多年,我以为他不在了,原来他还在那里。在闷热的夏夜里,他坐在一张小板凳上补鞋。我认得他在昏黄灯光下的背影,虽然老了许多,那个还是他。也许,在他的回忆里,他是拥有过爱情的,他是曾经离开过这条陋巷的,虽然最后还是要回来。

"不"和"是"

米兰·昆德拉在《笑忘书》其中一章里说,男人做过一个统计,女人在口上说得最多的一个字是:"不。"

从开始到结束,女人不断说不。"请不要"、"不要这样"、"不要那样"、"不要!不要!"。于是男人的结论是:女人口不对心,比较虚伪。

果真如此,男人也不遑多让,他们说得最多的一个字,应该是:"是。"

女人问男人:"你是爱我的吗?"

男人说是。

女人问男人:"你是不是会照顾我?"

男人说是。

女人问男人:"你是会跟我结婚的吧?"

男人说是。

女人无论说什么,男人都说:"是,是,是。"

结果男人违背诺言,见异思迁,痴心的女人为他找借口开脱,问他:

"是不是那个女人主动的?"

男人说是。

女人问他:"是不是已经离开了她?"

男人说:"是、是、是。"

女人问:"是不是仍然爱着我?"

男人说:"是的。"

是女人的"不"虚伪,还是男人的"是"更虚伪?

吻无能

一个男人说:"我已经很久没有用心吻过我女朋友了。"

用心地吻?不是早上轻轻的一吻,不是临睡一吻,也不是再见之吻,而是把所有的爱用一吻来表达。

"是的,很久没有了,很累。"他说。

"你不爱她吗?"我问他。

"不是不爱,我也没有爱上别人,只是工作太多了,累得我连自己都不想爱。我甚至不想见她,但你知道女人是很敏感的,你不见她,她会以为你不爱她,那时候就更烦了。"

难道男人不是这样吗?

我们总是很难对一个人说:"我真的很爱你,但我今天、明天、明天的明天,这个月也不能见你。"或者:"我真的很爱你,但我没空见你。"

爱一个人,总能够为他腾出时间,也只能够为他腾出来。

当我们想起那些拼命腾出时间跟心爱的人见面的日子,不禁为自己今天的冷漠而自责。一起的日子久了,生活逼人,每天都是忙、忙、忙,结果连吻都乏力了。

女人享受一个深情的吻多于床上的欢愉,但男人在百忙中能够腾出时间上床,却腾不出时间给他的女人一个深情的吻。不能用心地吻,就是吻无能。

湿湿的舌头

女孩子常常会拿现任男朋友的接吻技巧跟以前的男朋友比较。

以前的那个,虽然她已经不爱他,但她怀念他的吻。他真是很会吻人。现在的这个,虽然她很爱他,可惜他不太会吻人,无法跟她从前的男人比较。

为什么不能两全其美呢?

男人是在什么地方学会接吻的?

是跟一个女人学的?是从电影里学回来的?是看书的?还是与生俱来的?

假如接吻的技巧是与生俱来的,那么,的确有天分之别。

有些男人很会吻人。他的嘴唇很湿,他的舌头懂得卷住你的舌头,而不是光在你的口腔里打转,牙齿老是碰到你的牙齿。

有些男人好可怜。他从来不知道自己不会接吻。当他全心全意去吻一个女人的时候,那个女人一点也不觉得是享受。他的舌头很笨,很短。他的嘴唇是干干的。他的吻,永远无法去到最深处,永远无法触动她的内心。他那么努力,她不忍心,也不知道怎样告诉他,他的技术很差劲。

当他吻完了,她只好装出一副很陶醉的样子;而其实,每一次跟他接吻之后,她愈发怀念以前那个很会吻人的男朋友和他那湿湿的舌头。

忘了才可惜

跟你一起的男人，仍然忘不了旧情人，这未尝不是一件好事。

不必骂他："你为什么还惦记着她？"

不要妒忌，苦涩地问他："我是不是她的替身？"

也不要悲伤，不用问他："你不觉得这样伤害了我吗？你始终还是爱着她。"

爱和怀念是两回事。

男人忘不了旧情人，必然是他在过去的岁月里，曾经伤害她，那一次的过失，他无法弥补。那时候，他太年轻，太不了解女人，他以为还有很多机会。

时光流逝，他身边换了很多女人，他也长大了，在世上吃了很多苦，这一刻，他才猛然醒觉他从前多么对不起那个女人。

他已经不可能回去找她，唯一补偿的方法就是怀念，同时也用对她的怀念来惩罚自己。

男人对旧情人内疚，才会更珍惜眼前人。

他会努力使身边的女人快乐，他知道他不应该再伤害一个爱他的女人，他明白爱情不可以再来一次。假使他再辜负眼前人，他将要背负更多的罪咎。

他对旧情人的歉疚，统统补偿在眼前人身上。你现在才爱上他，不是比他的旧情人幸福吗？

有错才有爱，他没错，便不会爱你那样深。

情史

不在别人面前谈论与自己生活过的女人，是男人应有的风度。查尔斯是堂堂英国储君，竟说出从未爱过太太的言论，只令人觉得他器量狭窄，欠缺大度。一个男人对女人说："我从来没有爱过你。"已经够可恶，若对别人说："我从来没有爱过她。"这个人，真是太差劲了。

一个男人的口德，充分反映他的内涵。

多么自我陶醉，也不可能对人说："我女朋友身材很好。"

多么沾沾自喜，也不应该对人说："别看我女朋友像个女强人，她在家里替我拿拖鞋。"

多么痛恨自己的离婚妻子，也不应该跟人说："别提她！她是个淫妇。"

多么理直气壮，也不该说："我女朋友以前的男朋友很差劲。"

当男人这样说，我不会认为他坦率开放，只会替他身边的女人难过，也庆幸他不是我的男人。他连自己的女人的秘密都守不住，还能够守更大的秘密吗？

当一个男人拒绝批评他以前的女人，并处处维护她，我会尊敬这个男人。女人则不同，当一个女人提及情史，而从来没有提及一个男人的名字，是因为他在她心中并不重要，只是过客。

数臭

一个女人，公开数臭前度男朋友，这样做对她有什么好处呢？好处可能只是发泄了一场，坏处倒有不少。

把那个男人的臭事统统扬出来，他假情假义、好食懒做、吃软饭、出手低，说到底也是自己有眼无珠，遇人不淑。

他若是存心欺骗，财色兼收，自己那么笨上了当，难得揭开他的真面目，匆匆离开好了，别人问起你是否跟他有过一段情，连忙指天誓日否认，以保清誉，谁会蠢到站出来数臭他？数臭他，就是阁下被骗了，赔了夫人又折兵，谁会同情你？敌人还在捧腹大笑呢。

以受害人身份站出来，提醒姊姊妹妹们不要再上这个男人的当？这也是不必的，这么伟大干吗？你以为这种故事真的可以警世吗？

如果这一刻，正有一个女人爱上他，男人还可以说你因爱成恨，捏造事实数臭他。当一个女人迷上一个男人，她绝不会理会他的前度女朋友说什么，即使她因此怀疑他，她也会相信这一次，男人是认真的，跟以往不同。

以数臭他来报复，要他以后抬不起头做人，永不超生？这也未免有欠风度，变成泼妇，好男人还敢来吗？自绝后路是最大损失。

女人要记住，你数臭一个男人的当儿，你和他一样臭。

酸姜的眼泪

男人在女人面前提到他和另一个女孩子的友谊。他和这个女孩子无所不谈,她有什么心事,都跟他说。

女人听到了,眼泪簌簌地涌出来,男人吓得手忙脚乱,问他:"你哭什么?"

女人扁起嘴巴说:"就是哭你和她——"

男人莫名其妙。他和那个女孩,只是好朋友。他和她之间,什么事情也没发生。

女人不肯听解释,坐在男人面前,很凄凉地哭。她的眼泪,不是咸的,而是酸的,她在吃醋。

她明知道吃醋很傻,她明明知道不应该吃醋。她说过要给他自由,她是个明白事理的女人。有时候,她甚至觉得自己不太像女人。她不太爱吃醋。可是,近来的她,心灵特别脆弱,一旦听到自己喜欢的男人跟其他女人这么亲近,她就疯狂地吃起醋来,一发不可收拾。

男人以为女人吃醋时一定会吵吵闹闹,或者扔下他不理。他不知道,女人吃起醋来,有千百种方式。那千百种方式,是为了掩饰自己在吃醋。当她自信满满,微笑着说:"我才不介意!"其实,她已经开始吃醋吃得胃都酸了。

当她满不在乎地说:"我最讨厌吃醋,我才不会对自己那么没信心!"她掉过头就哇啦哇啦地哭起来了。酸姜都没她那么酸。

辜负了旧情人

那天晚上,跟一个男人谈心事。

他说:

"男人有很多悲哀和无奈,譬如经常会觉得对不起旧情人——"

我忍不住要打断他,问他:

"男人为什么老是遗憾对不起旧情人?"

"这个……"他不知道怎样回答。

"我从来很少听到男人遗憾对不起现在的女朋友,他们总是内疚对不起旧情人,与其将来内疚,为什么不对现在的情人好一点?总比分手以后才觉得对不起她好。"我说。

男人苦笑说:

"男人就是这样。"

原来,男人就是喜欢对旧情人内疚。我们都听过不少男人遗憾地说,自己对不起初恋情人或是对不起某个旧情人。她和他识于微时,她毫不介意他赚多少钱、有没有前途、有没有地位,她甚至在经济上帮助他,赚钱让他去念书。她喜欢的,就是他这个人,而不是任何外在的条件。

后来,大家分手了,男人一直觉得对不起这个旧情人,她为他做了那么多,他却无法对她好一点。她爱他远多于他爱她,他却伤透了这个女人的心。

时日渐远,男人忽尔良心发现,他内疚那时候对这个女人不好,没有珍惜她、爱护她,没有报答她,然而,现实已经不容许这个男人回去找她了。于是,他只好不时叹息。

一个男人,一生中毕竟要辜负最少一个女人,这样才显出他的无奈和悲哀。有了无奈和悲哀，才显出他是一个有过去，而且有深度的男人。

如果没有一个女人可以让他辜负，这个男人未免太没用了。

因此，男人总是怀缅旧情人，虽然旧情人现在很幸福，也许人家根本不怀念他，他依然一相情愿地相信，自己辜负了一个好女人，自己是多么的多情。

至于现在的情人，因为还没有被他辜负，所以他没有觉得自己对不起她。

最难忘的旧情人

一个男人提起过去几个情人,最令他忘不了的,不是最漂亮的那一个,不是他最爱的那一个,不是抛弃他的那一个,也不是差一点就成为夫妻的那一个,而是他自觉对不起她的那一个。他无法原谅自己曾经令一个女人那样痛苦。

多少年来,他一直担心,她在离开他之后,得不到幸福;想不到有一天,这个女人写信给他,约他出来见面。她告诉他,她现在很幸福,不必挂心。

原来她知道他一直内疚,她问他:"你现在的生活好吗?"

他点头。

男人总是在得意时想起旧情人。

因为得意了,希望能够补偿从前对一个女人的亏欠,但爱情的伤是无法补偿的,何况还在多年以后?

男人得意而思旧情,犹如发财而立品,可惜那个受了重伤的女人或许已经痊愈,淡忘了这个人,又或许已经找到了幸福,找到一个很好的男人。

从前这个男人给她的苦和伤害,已经由另一个男人替他们做出补偿。

一个女人的情伤必是由另一个男人医治。

男人再回头,已经太晚。

能够告诉旧情人,她现在很幸福的,都是好女人。女人通常只会在失意时想起旧情人。

我应该提起你吗？

不久之前，一位艺人回顾三十年演艺生涯时，绝口不提与他共度十五年的前度情人。

事后有人作意见调查，如果你是这个男人，你会提起她吗？如果你是这个女人，你希望他公开提起你吗？

男人的答案是无论如何都应该提一下，毕竟是悠长的十五年，一字不提太绝情。

女人的答案是只需要提出最美好的一段回忆，即使只是一句话，也胜过一字不提。

男人面对这个问题，动辄得咎。如果再提起前度女朋友的话，只怕新欢不高兴。不提的话，旧爱又骂你绝情。说得太少，好像值得回忆的太少。说得太多，又好像有自封大情人之嫌，尤其当她已经不在人世。

她已不在人世，欲辩无词，却有一个男人走出来承认跟她有过一段情，并说出分手的原因。是悼念也好，是追悔也好，说得太多，给人的感觉便是自命多情。

于是男人问："到底该不该提起？"

除非确定她不想你提起，否则不能不提，但不能提得太多，不宜提细节，宜提影响力。

诸如："我和她有过一段刻骨铭心的恋情。"

"她曾是我生命中最重要的女人。有朝一日，当我回首前尘，我的历史里不可能没有她。"

旧情人听到这些话，无论多么恨你，仍然会觉得你是一位君子。

残忍的希望

女人对旧情人最大的希望,是希望他永远无法忘记她。即使他和其他女人厮守终生,这一辈子,最好仍然想念着她。

被旧情人一辈子怀念着,几乎是每个女人的宏愿。

而男人对旧情人,通常有两种希望——希望她幸福或希望她受苦。

意大利一本杂志以七百九十六名年龄介乎二十三岁至四十五岁的男女作为调查对象,发现离了婚的意大利男女分别有不同愿望。百分之二十三的女人希望前夫不能忘怀自己,其他愿望依次是:前夫再婚后仍然想念她、希望他入修道院、希望他极度痛苦、希望他死掉。

男人方面,百分之二十六希望前妻受苦,其他愿望依次是:希望她情绪低落、希望她秃头、希望她死去。

分手后,男人的第一志愿和女人的第一志愿相去甚远。女人希望前夫进修道院,大概是想他这一辈子被迫严守清规戒律,没得再风流。男人希望女人秃头,大抵是共同生活时,他已受够了她每天花两个小时打理她那一把头发。最好她秃了头,没人爱她。

当女人已经忘记旧情人,她仍然希望旧情人永远无法忘记她,永远受尽思念的折磨。天底下,大概只有女人才会那么残忍。

光阴之于女人

若有一天，男人与初恋情人重逢，他会希望她仍像当年，丝毫没有改变，而不是由漂亮迷人的女孩子，变成一位衰老、肥胖、挽着两个塑料袋，在街上呼喝着丈夫和儿女的妇人。男人几乎不敢相信，眼前这位太太是他年少时魂牵梦萦的人。在男人的回忆里，她不是这样的。太残酷了。他不愿他的青春梦里人输给光阴。

若有一天，男人与曾经刻骨铭心的女人重逢，他希望她活得快乐，而没有由年轻漂亮、充满自信的女孩，变成衰老、失意、忧伤、失去光彩的女人。即使当年是她离开他，他也希望她得到幸福，而不是变成这样。如果当年是他离开她，他更希望她会找到幸福。一旦她输给光阴，失去美貌和自信，男人不禁内疚。

然而，若有一天，男人重遇那当年艳名远播、颠倒众生，却傲慢、冷漠、不可一世的女人，他希望她变得衰老、肥胖、青春不再。他也曾拜倒石榴裙下，但女人看不起他，推搪他的约会，利用他、愚弄他，对他说："你配不起我！"

男人自尊心受损，悄悄离开。他知道无法赢得她的芳心。

但，岁月为男人复仇，多么得天独厚、多么动人心魄的女人，也会老去。失去无敌的青春以后，她也失去对男人呼之则来、挥之则去的特权。

如果她依然傲慢、冷漠、不可一世，她将得不到任何男人。

岁月从来优待男人。当年爱慕她，却饱受冷眼的小子，今天已经变成稳重成熟的男人，散发着魅力。当年骄傲的女人却败给岁月。

对女人最大的惩罚，不是男人，而是光阴。

忘记了自己的衰相

男人说，他不想有一段稳定的感情，因为感情一旦稳定下来，女人便会很缠身。他害怕要天天向女朋友报告行踪。

"你有没有追求过女孩子？"我问他。

"当然有。"他说。

"你怎样追求女孩子？"

"打电话跟她聊天、约会她。"

"如果她不理你呢？"

"死缠烂打，半夜三更在楼下等她回家。人不在香港，也突然打一通电话告诉她我在哪里，这个方法很奏效。"他沾沾自喜。

"热恋时你会天天陪她吗？"我问他。

"一天不见面也不行。"

"如果她没空呢？"

"那就去接她。"

"如果是你没空呢？"

"办完了事就立刻去找她。"

"你一天会跟她讲几次电话？"

"最高纪录是一天讲了十几个电话，也试过在电话里聊了十几个钟头。"

"那时你为什么不嫌她缠身？"我问他。

男人苦笑。

男人嫌女人缠身，却忘记了当初死缠烂打，天天自动报告行踪，拿着电话筒不放，不见一日，如隔三秋的，是他自己。他怎么忘记了自己当天那副缠着人不放的衰相？

多一点，多一点

喜欢一个人的时候，我们总是好想好想改变他。

他是个不细心的人，于是我们提醒他，平安夜要去吃烛光晚餐，而且还要为我预备一份圣诞礼物；除夕夜，当然也要过二人世界。

我不开心的时候，他会放下他的硬朗，做些事情来哄我。

别忘了每天给我电话。

假使他抽烟，我们用身体来逼他就范："抽烟就不要碰我。"

他喜欢跟猪朋狗友来往，我们也企图逼他和那些人疏远。

他吊儿郎当吗？我们三番四次用眼泪去感动他，让他觉得自己是个罪人。

他常常不愿回家吗？我们就天天晚上坐在客厅里等他回来，希望他改变。

我们知道改变一个人是不对的，而且也是妄想，然而，我们好像身不由己，愈喜欢一个人，就愈想改变他。

想改变一个人，也许是缺乏安全感吧？只要能够改变一个男人，女人就觉得自己好像拥有他多一点。我们当然想再多一点。

男人在第一次抚摸一个女人的时候，不也是贪婪地要求她再给他多一点，多一点吗？

穿大V领低胸上衣的旧情人

一个男人跟从前的女朋友久别重逢。那时,她二十岁,身段迷人,却穿得很密实,她高傲地说,她要男人欣赏她的脑袋。

十二年后重遇,她竟穿一件大V领低胸上衣,有意无意露出乳沟。男人突然觉得很苍凉,很悲观,她如今要用这一身打扮来吸引男人。在失去联络的十二年里,她一定被很多男人伤害过。要是从前,她会看不起自己这身装扮。

当青春消逝,她衣服的领口便愈开愈低,跟岁月角力。看在曾经热烈爱过她的男人的眼里,是一个女人的悲剧。

故事由男人道来,不免有自作多情的成分。

他曾背叛这个女人,她黯然离去。十年里,男人爱过很多女人,也受过伤害,当他重遇十二年前的她,而她碰巧又穿一袭低胸装,他不免怀疑,她对他尚有余情,所以穿一件低胸衣来吸引他注意;她依然怀念往日的温存。

男人不知道,故事由女人道来是这样的:女人重遇十二年前的旧情人,那时,他二十岁,魁梧、英俊、迷人,头发乌黑浓密,才华横溢。

十二年后的今天,他那一头乌黑浓密的头发却不翼而飞,只留下数根。他胖了,沧桑了,看不到一张俊脸,他的傲气也不见了。女人觉得很苍凉,很悲观,这个男人如今还可以凭什么吸引女人呢?在过去的十二年里,他一定很不得志。要是在如今,她绝不会像从前那样爱他。

当青春消逝,男人看女人的目光也由脸孔往下移。今天,他便紧紧盯着她的乳沟,他依然怀念往日的温存。看在曾经热烈爱过他的女人的眼里,是一个男人的悲剧。

钻石是男人的肾石

那天，我告诉男人："钻石是女人的星星。"

男人把天上的星星摘下来的唯一方法，就是送钻石给女人。

女人都喜欢星星，一颗星星是不够的，是愈多愈好，愈闪亮愈好。

男人可以买一颗天上的星星，为它命名，我不知道这样要花多少钱，应该不会便宜。与其如此，不如花钱买一颗钻石，放在女人手上。天边的星星太遥远，还是手上的星星比较可靠。

男人问："你也喜欢钻石吗?"

不，我喜欢珍珠，我时常认为最漂亮的耳环就是简简单单的一颗珍珠，因为我的耳珠那么小。

我的朋友说，人老珠黄，有什么好呢?

但珍珠真的好看，珍珠是女人的月亮，我喜欢耳珠上有一个皎洁的月亮。

男人苦笑说："是的，钻石是女人的星星，不过却是男人的肾石，很痛。"

见过别人的肾石，一颗一颗，像小石块。如果要买那么大颗的钻石给女人，的确很痛。

男人，你宁愿买钻石给女人，还是宁愿生肾石?

一个吝啬的男人说："我宁愿胆结石。"

星星是穷人的钻石

有一首台湾歌,歌名叫《星星是穷人的钻石》,对买不起钻石的人来说,星星同样明亮,也许,星星比钻石更动人。

在《小王子》里,星星是天际的小响铃,揉碎成漫天的情泪……

传说流星是赶着去和女人幽会的男人……

曾几何时,爱情总是和星星连在一起,每一对恋人都曾经抬头,同看漫天的星星。只是,看星星的女人,跟看钻石的女人,是属于不同阶段的。

一对一无所有的恋人,一起看星星,星星是男人送给女人的微笑。然后,某一天,女人在橱窗看到一颗闪耀的钻石,她发现这是人间的星星。男人信誓旦旦说:"如果你喜欢,我可以把月亮摘下来给你。"月亮不要了,就给我人间的星星吧。

女人的钻石愈多,愈不再愿意长途跋涉去看星星。男人买了钻石给女人,也不愿意再陪女人去看星星。

一起看天上的星星,是星星在微笑。一起看闪亮的钻石,是女人在微笑。男人,你要星星的微笑,还是女人的微笑?

那些一穷二白,携手看星星的日子,虽然遥远,却让人怀念,像逝去的爱情。消逝了的情怀,早已揉碎成漫天的情泪,遥不可及,只有无名指上的星星常在。钻石是女人的星星。

这不是暗示

男人最大的缺点，就是常常自作聪明，以为女人向他暗示。
女人约他看电影，他就以为她对他有意思。
女人约他吃饭，他就以为她想追求他。
女人打电话跟他聊天，他就以为她倾慕他。
女人牵着他的手，他就以为她想和他拥抱。
她拥抱他，他就以为她想接吻。
她吻他的脸，他就以为她想他吻她的嘴唇。
她吻他的嘴唇，他就以为她想他吻她其他地方。
她让他吻，他就以为她想他再进一步。
男人认为，女人每一个动作，都是在向他暗示，都是鼓励他。
为什么一定是暗示呢？

她想接吻，就是只想接吻，没想过要再进一步。她想拥抱，就是只想拥抱男人温暖的身体，这个拥抱是清纯的，她不想他吻她，不想他抚摸她，她只想享受一个深情的、毫无杂质的拥抱，男人却认为，既然她想拥抱，她一定也想……

结果，一场单纯的拥抱，往往演变成一场床上戏，男人问女人："不是你想要的吗？"

女人摇头，惆怅地凝视着男人，男人于是认为：
"她在向我暗示，她还想再要。"

男人善于把女人的身体语言解作连环暗示，他们自命很了解女人的种种暗示，可是，当女人向他暗示想要什么生日礼物的时候，他们却又往往不明白她在暗示些什么。

我想你爱上我

女人打扮得漂漂亮亮,跟你约会,不一定就是喜欢你,她只是想你喜欢她。

男人以为女人悉心打扮一番来见他,一定是对他有意思。这种想法太一相情愿了。即使没有男人,我们还是会打扮的。即使我很讨厌一个男人,我还是会刻意地打扮,让他恨得心痒痒的。因为,他是永远不会得到我的,他没资格。

如果是跟自己心仪的男人约会,我们当然会非常努力地打扮,目的是要在他心中留下一个美好的印象。

初次约会,不知道自己会不会爱上对方,这样的话,也不可以松懈,我想他爱上我,我会不会爱上他,是我的事。他爱上我,而我不爱他,他也不会忘记我是这么美丽。我拒绝他的时候,他也会觉得凄美一点。毕竟,他是被一个漂亮的女孩子拒绝的。

A告诉我一件趣事。一个男人约会了她好几次。最后一次,她在电话里坦白地告诉他,她认为他们没有发展的可能。那个男人很不甘心地说:

"如果对我没意思,为什么每次约会你都打扮得那么漂亮?"

打扮得漂亮,只是要吸引你,不是喜欢你。女人都希望证实一下自己的魅力,然后,让你得不到。

但愿我比现在年轻

如果你还相信一个男人会改变，你不是太年轻，就是太幼稚。

那天听到一个女孩子跟她妈妈说："他会改的。"她说的是她的男朋友。她只有十九岁，不能怪她。可是，当我听到一个二十九岁的女人说："他会改的。"我会认为她太幼稚。

年轻的好处，是我们相信人会改变，起码我们可以用爱去改变对方。

年轻的悲哀，也是我们相信人会改变。

相信爱情可以令一个人改变，是年轻的梦，这个梦随着年纪老大，也开始醒来。

他无法对一个女人忠诚，那么，他就永远无法对一个女人忠诚。

他自私，他永远也自私。

他冷漠，就永远不会变成一个温暖的人。

浪子永远是浪子。

他凡事拖拖拉拉，就永远不会变得爽快。烈性子的他，不可能变成一个温和的人。

粗心大意的他，也不可能变得细心体贴。

人永远犯同一种错误，只是每次犯错的情况和程度不同，修补的方法也愈来愈高明。

令男人改变的，也许是上帝的爱或者佛祖的慈悲，但绝对不会是女人。

你说，你会改变，我但愿我比现在年轻，相信人会改变。

男人为什么害怕承诺

男人害怕承诺,是因为他不是太爱那个女人,也是因为他太爱那个女人。

他不是很爱她,所以他吝啬承诺。她说:"答应我,你永远不会爱上别人。"

他不答应,因为他还没爱她爱到那个地步。要为她而放弃其他机会,他还舍不得。他爱她没有深到把她当做生命里最重要的人。男人的承诺是珍贵的,他不会轻易付出。

对于一个他不太爱的女人,他不愿意承诺,对于他深爱的女人,他却无法承诺。

他太爱她了,他很想承诺,却又害怕被束缚。一旦被束缚,也许他不会再像以前那么爱她。

他太爱她了,他很想承诺,却害怕做不到的时候会让她伤心。

他太爱她了,他很想承诺,然而,一旦承诺了,就代表他要放弃其他幻想,也代表他要改变自己的生活。他不禁怀疑,她是爱他这个人还是爱他的承诺。如果他不肯承诺,也许她就不爱他。

如果他深爱一个女人,有没有承诺根本是没有分别的。即使没有承诺,他过的日子也像跟她有承诺一般。男人骗女人容易,骗自己难。他是一个有责任感的人,才会害怕承诺,他知道人要为自己的承诺负责。有些男人随便承诺,因为他们没想过要负责。

承诺本来就是男人与女人的一场角力,有时皆大欢喜,大部分时候却是两败俱伤。

可爱与可恨

有人问:"什么男人最可爱?什么男人最可恨?"

以用家的角度来说,当然是爱我的男人最可爱,不爱我的男人最可恨。

他爱上我。那么,即使他有很多缺点,他长得很难看,他配不起我,他不自量力,他还是挺可爱的。因为他有品味嘛!

他不爱我。那么,即使他有很多优点,他长得帅,条件也很好,他还是可恨的。因为他没有爱上我。

男人愈不自量力的时候愈可爱,愈自以为是的时候愈可恨。然而,不自量力的时间维持太长,那就不可爱了。你不爱他,他还是缠着你不肯放手,太讨厌了。他们的可爱,在于一刹那的不自量力。他爱上你的那一刻,是可爱的。他第一次战战兢兢地打电话给你,是可爱的。他第一次约会你,对你表示好感,是可爱的。往后就不可爱了。

男人自以为是的时间维持愈长,就愈可恨。你喜欢他,他却以为自己是天之骄子,每次见到你,也装出一副他不喜欢你的模样。到了四十岁,挺着一个小肚子,他还是那么自以为是,那就双倍的可恨。

对用家来说,自以为很可爱的男人最可恨,自以为可恨的男人却最可爱。他知道自己可恨,知道自己不能给你最好的,他才会对你更好。

他会变成一个怎样的男人？

收到一个女孩子的信，她是一家男校的英文老师。这位年轻的老师很受男生的欢迎，男生们都很会哄她，成绩又好，逗得她心花怒放。她说，看着一群这么可爱的男生，不明白为什么他们长大之后会变成负心的男人，会变成残忍的男人，会变成不守诺言的男人，会变成让女人伤心的男人。

有否想过，这群男生长大之后，同样也有机会变成专一的男人，变成守诺言的男人，变成有情有义的男人，变成让女人快乐的男人？

我念中学时曾经替一个小男生补习。他样子很可爱，身体胖嘟嘟，脸蛋红彤彤，但是默书常常拿鸡蛋，而且永远坐不定。我经常要用间尺打他手板。那时我常常想，这么可爱的一个男孩子，长大之后会变成一个怎样的男人？他会有成就吗？他会爱女人吗？他肯承担吗？他会让女人快乐吗？

当男人还是小孩子时，他们全都是可爱的。当他们开始长出胡子，也是他们要在这个残忍冷酷的社会挣扎求存的时候。他们要学习生存，也要学习跟女人周旋。也许不单是女人，男人也怀念自己年少的日子。

我要成为你书里的男人

一个十五岁的女孩子在电邮上说,她那位与她同龄的小男友不久之前写过一封电邮给我,但我没有回信。他在电邮上告诉我,双方父母反对他们谈恋爱。她父母对他说:"如果你们真心相爱,等她二十一岁才走在一起吧。"虽然六年很漫长,但他愿意等她。

女孩把小男友的电邮再送一次给我。这个男孩在电邮上说过以下这些话:

"我们互相都是深爱对方的。"

"她是一个不相信承诺的人,她叫我别许下这个诺言,因为她害怕我到了那时会因为做不到而后悔,但是我不怕……我对她依然情深一往。"

"我可以做得到的。我要成为你的一篇文章《不变,也是一种能耐》的男人——矢志不渝的男人。"

然而,女孩现在告诉我,这个信誓旦旦的男孩在写完这封电邮之后两个月就已经爱上另一个女孩子了。她想再见他一次,他也拒绝。她本来不相信承诺,是他令她相信的,她相信了,他却毁诺。

亲爱的女孩,他只有十五岁,你想他怎样?五十岁的男人,也还是会跟女孩子撒这种谎的。而十五年后,你也还是会相信男人的谎言的。

天上的星星有几多?

天上的星星到底有几多?

《格林童话》里有一则童话叫"牧童",故事里的牧童对一切问题都能聪明地回答。国王知道了,就着人把牧童叫来。国王向牧童提出三个问题。其中一个问题是:"天上有多少星星?"牧童要了一张白纸,用钢笔在上面点了好多小点子,密得几乎看不清楚,根本没法子数。然后他说:"天上的星星和纸上的点子一样多,你们去数吧。"

我们永远不知道天上有多少颗星星。如果今天还有一个男人说:"我愿意为你做任何事,包括把天上的星星摘下来给你。"我们大概会笑得流下眼泪。这么过时和肉麻的誓言,还有谁要相信?在一片辽阔的夜空下看星的时候,旁边最好坐着一个不多言的男人。永恒在前,人世间的承诺就显得太渺小了。

天上的星星永远数不尽,我们想要的东西和星星一样多,岂能尽如人意?下一次,当你很努力想得到一个人或一样东西而得不到的时候,不必失望。生命里那些失望的时刻,就像天上的星星那样多。

有人说星星是死去的人的眼睛在天上闪亮,我宁愿相信星星是逝去的爱情,是刻骨铭心的情人,是每一次的微笑和失望,是情人之间的亲密做爱。我有一位朋友每次跟男朋友睡觉之后都在那天的日记上画一颗星星。

月台上的三次偶遇

曾否突然怀念一个某年某天跟你擦身而过的人？他不曾在你生命里停留，不过在一个特定的时空，一闪而过，却在某天，在你脑海里浮现。

C在地铁月台上碰到同一个女人三次。第一次，她跟他擦身而过。第二次，他和她各站在月台的一端，他俯身看看列车来了没有，刚好看到她。

第三次，她就站在他前面，准备上车，他觉得机不可失，跟她搭讪，两人攀谈起来，原来她一位旧同学是他的朋友。两个人在尖沙咀站分手，她把电话号码写给C。

第二天，C约她在咖啡室见面，经过一个花店，他买了一束百合作为见面礼。她在咖啡室里等他，穿着两个人第一次相遇时她所穿的一袭白色裙子。

他把百合放在她面前，说："送给你的。"

她委婉地说："我已经有男朋友——"

他尴尬地自我解嘲："这束百合仍然是送给你的，我们三次在月台上相遇，是缘分。"

离开咖啡室，他很后悔，假使不曾约会她，那美丽的倩影也许永留回忆里，然后突然有一天闪现，他会怀念她。一经约会，便不再有遐思。

我们总是怀念不太真实的东西。

男人为什么有那么多压力？

一个女孩子问我：
"你知不知道男人为什么常常说自己很忙和压力很大？"
假如我知道，我就是男人了。
每当女人埋怨男人没时间陪她，男人总是说："我工作很忙，压力很大。"
每当女人问男人为什么不开心的时候，男人总是说："我压力很大。"
女人觉得男人不关心她的时候，男人总是解释："我压力很大。"
女人觉得男人不爱她，男人又说："我压力很大。"
为什么男人总是有那么多压力？是借口还是真心话？我们只好相信，他说的是真话。因为，不相信他，我会更不快乐。
也许，男人是说真话吧。女人很容易在生活里找到快乐，男人却很容易在生活里找到压力。假如你问男人为什么有压力，他也无法回答你。
他不敢承认他很想出人头地，又害怕失败。他不敢承认他不是女人所以为的那么出色。他不敢承认女人也是一种压力。
也许，我说错了，这也很难怪我；男人在热恋时从来不会说压力很大。当大家的感情淡了下来，他便开始说压力很大。这难免令我觉得，他不爱我了。

男人在早餐说的话

女人也许永远无法明白,即使明白,也许永远不想接受的,便是男人爱一个女人的同时,仍然可以和其他女人有性关系。

我的男性朋友们自辩说,那是一种发自男人内心的盲动。

遇上喜欢的女人,他们第一时间想到占有。无可奈何地,大部分女人都不会被实时占有,所以他们要去追求。因此,男人若在上床前对你说:"我爱你。"完全不要相信。

如果他在上床后才说,还可以相信。

如果他在吃早餐的时候说,那么,他是认真的。

我的男性朋友们说,在那个时候,他们什么都能说出口。相反,在早餐时说"我爱你"的男人,一定是疯了。我不禁伤悲,一切不过是肉欲,男人太容易被引诱了。幸好,他们安慰我,男人仍会深深地爱一个女人,仍渴望天长地久,不希望令他所爱的女人不快乐。

那是什么令男人压抑原始的冲动,忠心不越轨?他们说,是道德。

原来束缚女人的,是爱情;束缚男人的,却是道德。

是女人的爱情令女人忠心,却不是男人的爱情令男人忠心。令男人忠心的,不是爱,而是义。因此,若想留住一个男人,不但要爱他,还要令他觉得有负于你。

对不起

不要期望男人跟你说对不起。男人的对不起,必然有下文。

当一个男人突然沮丧地跟女人说一声"对不起——",那么,下文便很有可能是"我爱上了另一个女人"。

说对不起,本来是为了认错,从此改过。但是男人的一声"对不起",是"我对不起你",是忏悔,但是不打算改过;是通知,不是认错;是撒赖,不是想补救。

不是到了穷途末路,不是无法再拖下去,男人也不会肯说"对不起"。他说对不起,是把责任推到女人身上,要怎么做,由她决定好了。

男人的"对不起",无耻得很。

男人不会说"我爱上了别人,对不起"。男人总是先说"对不起",才敢再说"我爱上了别人",可见"我爱上了别人"才是他最想说的话。

说对不起说得最多的是男人。一旦女人说对不起,也是因为男人。女人看到自己的男人竟然为另一个女人苦恼,她终于说:"对不起,我受够了,我退出好了。"

所以,当你的男人突然对你说"对不起",你该立刻跟他说:"对不起,请你不要再说下去。"

老婆跟了人

女人一生的转折点可能是失恋或失婚，男人一生的转折点却是老婆跟了人。

环顾今天好些事业有成，身家丰厚的男人，都曾经有一个跟人走了的老婆。当男人还未发迹时，老婆就挨不了穷，并且认为这个男人一生也不会有什么成就，于是趁着自己还有几年青春的时候，跟一个经济条件比自己丈夫好的男人走了。

老婆跟了人，对男人是一个相当大的侮辱，比女朋友或情妇跟了人严重得多，女朋友与情妇终究是外人，但老婆是自己人，是自己儿女的母亲，被老婆瞧不起，是最沉痛的打击。

连自己的老婆也背信弃义，男人自此不再相信别人，却也因此造就了他日成功的条件。大部分人失败的原因都是信人，男人不再相信人，便是成功了一半。

每一次想起那个狗眼看人低的老婆，稍微有点廉耻的男人便像破釜沉舟的项羽，许胜不许败，要向这个女人还以颜色。

最大的力量乃是复仇。

当男人成功了，他反而感激那个跟人走了的老婆，没有这一顶绿帽，他这一生可能只是一个平庸的男人。

最苦的是女人，在男人微时不离不弃，当他发达了，他却会抛弃糟糠之妻。在他穷困时走了，他却发达。

原来任何女人，只是男人生命中的一个停车站，而男人却是女人生命的终站。

男人三十五

　　男人二十五岁之前，你问他，女人的样貌重要，还是身材重要，他答："当然是样貌重要。身材好不好，我才不在乎。"
　　三十五岁之后，你问他同样问题，他会答："身材非常重要。"
　　二十五岁之前，男人喜欢跟比他年长或差不多年纪的女人谈恋爱。三十五岁以后，他喜欢年轻女孩子，愈年轻愈好。
　　二十五岁之前，男人认为自己可以靠个人魅力吸引异性。三十五岁以后，他认为要吸引异性，除了个人魅力以外，还需要事业。有事业，才有一切。
　　二十五岁之前，男人认为两个人之间，最重要的是爱。当他不再爱一个女人，他便会离开。三十五岁之后，男人认为最重要的，除了爱，还有义。即使他不再爱一个女人，他仍然会留下。
　　二十五岁之前，男人看不起虚荣的女人。三十五岁以后，他认为女人原来都有不同程度的虚荣。
　　二十五岁之前，男人认为大地在我脚下。三十五岁以后，他才发现人生不如意事十常八九，人总有力不从心的时候。
　　二十五岁之前，男人从没有担心过会秃头。三十五岁以后，开始有些担心。
　　二十五岁之前，男人对自己的身体非常满意。三十五岁以后，有点无可奈何。
　　二十五岁之前，男人声明婚后不要孩子。三十五岁以后，他开始渴望有一个小生命，长得像他，体内流着他的血液，延续他的精神和生命。

毁约的男人

香港男人批评香港女人拜金，但今天仍有多情女子愿意克勤克俭赚钱供男朋友放洋留学。她们通常是一些条件比较平凡的女人，一旦遇上一个年轻有为的男人，两情相悦，女方痛惜男方空有抱负而没有盘川，愿意无条件负担他留学的费用。

受了女人恩惠的男人，信誓旦旦，表示回来之日便是结婚之期。可是，当男人学成归来，女人却通常得不到好下场。

这个男人若非在异地寂寞难耐，另结新欢，便是回来之后，发觉这个女人配不起他。

男人用三年时间追求学问，视野自然不同。相反，女人用三年时间拼命赚钱，难免言语乏味。两个人的境界和步伐都不一样了。男人想道别，为怕负上忘恩负义之名，答应按月摊还女人为他负担的学费。

女人花了数年青春和一生积蓄，想得到的，自不是金钱，而是一个金龟婿。

她苦心孤诣，亲手栽培一个男人，朝思暮想他变成医生、律师、建筑师或商业奇才回来，把她从生活的苦海中拯救出来，由灰姑娘变成某某的太太，过着中产阶级的幸福生活。如果不希望有回报，女人绝对不会供一个男人读书。

这方面男人比较豁达，男人愿意供一个女人放洋留学的话，是作了最坏打算，她不回来也算了。

对男人来说，供心爱的女人读书为一种奉献或赎罪。

女人供男人读书却是一种合作形式，共同创造美好将来。女人当然痛恨他毁约。

没有兑现的承诺

你曾否这样等待一个承诺？

你跟他说："你今天晚上一定要打电话给我，我等你。"

他说："好。"

长夜漫漫，你孤单地守候在电话旁边，时间一分一秒地过去，由希望变成绝望。

他心里根本没有你。

明天早上，他的电话再打来，已经没有意思，你的心在日出之前已经死掉。

你跟他说："我想见你，见一面就可以了，今天晚上八点钟，在餐厅里等。"

他信誓旦旦说："我会来的。"

你一个人坐在餐厅里，九点钟了，还不见他。十点钟，他还不出现。十二点钟，收到他的留言，他说有要事不能来。你站起来，离开餐厅，你知道今生今世都不用再等他。

你忽然明白，孤注一掷，把这一注押在一个承诺之上，那是多么渺茫的一件事。

一个承诺在最需要的时候没有兑现，那就是出卖，以后再兑现，已经没什么意思了。

三十年风流

一个男人,三十年来征逐女色,是名副其实的风流种子。到了现在这种年纪,不独没有收敛,反而变本加厉,他说:

"可以风流的日子已经所余无多了。"

他说:女人就像放在面前的食品,好的要吃,不好的也要吃。他要求很低,因为要求低才会容易满足。今天拥抱一个美人,明日拥抱一个丑妇,他并不在意。

有人问他:"你对女人有爱吗?"

他笑而不答。爱情在他生命里出现的次数很少。他太贪婪,不想把所有光阴和精力花在一个女人身上。

他也曾热烈地追求一个女人,整整花了三年时间,才感动了她。但在这项长线投资的当儿,他仍然有很多短线投资,他没有为她牺牲过一些什么。

有人问他:"你是否曾经跟×××恋爱?"

那是久远的故事。可是,这一刻,人们竟然惊诧地在他脸上发现一份怯羞和腼腆。他不愿意承认,也不去否认。于是所有人认定,他这一生,唯独对这个女人念念不忘。

风流三十年,能令他脸红耳热,令他刻骨铭心的,终究不是女人的身体,而是爱情。

下半身是情人

从前,是女人问男人:
"我是你什么人?"
今天,是男人倒转过来问女人:
"我是你什么人呢?男朋友?"
不,不是男朋友,因为她已经有男朋友了。无论她身边有多少男人,只有一个可以称为男朋友。
或者,她并没有男朋友,但是,这个正在和她交往的男人,还算不上是男朋友,他还没到达那个境界。
"那么,是情人吗?"男人问。
情人的称号好像有点奇怪吧?似乎只是干那回事的朋友。
"那是情人知己吧?"男人又问。
我们爱着并且和他一起生活的男人,又似乎永远不会成为我们的知己。
"是好朋友吗?"男人一脸疑惑地问。
好朋友又不会干那回事!
"难道我是你的儿子?"
不!无论年纪多大了,我们还是喜欢做男人的小女孩,我们才不要侍候一个长不大的男人。
"那我到底是什么?"男人苦恼地问。
现在竟然轮到男人想要名分。这样吧,你的上半身是好朋友,下半身是情人。

有时笨,有时不笨

男人有时是很笨的,他们往往不能够明白女人的心意。

分手的时候,你哭着说:

"我以后也不想再见到你,你给我滚!"

他听了,就真的滚。

他搂抱着你,你推开他说:

"你放手!你不要碰我!"

他竟然真的放手。

你说:"我不想再听到你的声音!"

他真的不敢再打电话给你。

你说:"我们分手吧,以后再也不要一起了。"说这一句话的时候,你看似决绝,其实也不是那么决绝的,只要他再求你,你也许会心软。然而,他垂头丧气地回去之后,便真的不敢再找你。他以为你真的要分手。

因为他不再找你,你也不肯找他,你们便真的分手了。

本来,你是徘徊在想分手和不想分手之间的,结果也唯有分手。

如果他不是那么笨,结局也许会不一样。面对他所爱的女人,他难道看不出事情还有挽救的余地吗?

当然,他们也不是太笨。要是你说:"你去死吧!"他们才不会去死。这个时刻,他们很聪明,知道你不是说真的。

他可以追到你

你有没有遇过这种男人？他在你背后说，他要追你，一定可以追到你。

虽然这样说，他却没有来追你。

在男人眼中，并没有他们追不到的女人，只有他们不想追的女人。

追不到的，他们也认为是自己不想追。如果想追，怎会追不到？

男人常常这样骗自己，他也必须这样相信自己，才可以度过每一天。假如世上真的有他追不到的女人，也不是因为他的魅力不够，而是因为他的钱不够别人多。

那个女人太现实了，所以，他不会去追求她，这是对她的惩罚。

男人习惯了被拒绝，却又害怕被拒绝。为自己解围的方法，便是骄傲地说：

"只是我不想追她罢了！"

不去追，永远不知道结果。这样的话，也没有人知道他会不会被拒绝。于是，每个男人几乎都有几面奖牌，非常的光荣。他追不到和不敢追的女人，是他不去追。

明知道对方不把自己看在眼里，他才不会自讨没趣。所以，当你听到一个男人在你背后说他不可能追不到你，你不必太认真，也不必生气。他不过是维护自己那小小的自尊心。谁不曾这样保护过自己呢？当我们遇上一个不爱我们的男人，我们也许同样会跟自己说："他一定是害怕被我拒绝。"

男人的世界

有些男人不是不好。他不坏、不笨、不骄傲,可他的世界就是太小了。他把什么事情都看得很简单。

他总是觉得别人做的事情不怎么样,而他自己做的往往比较好一点。他做人没有什么负担,因为他根本没有责任感。他不害人,可是也不会为人着想。

他的天下,就是自己每天的生活和银行户口里的储蓄。他在自己周围画了一个圈圈,一辈子也离不开这个圈圈。

你问我怎样拣一个男人?男人不是你可以拣的。你喜欢别人,别人不一定喜欢你。真要拣一个的话,该拣一个世界大一点的男人。

他不需要是伟人,也不一定男儿志在四方。他仍然可以是一个好好的住家男人,但他心里有一片宽广的天地。

他懂得去欣赏别人的才华和努力,也坦然接受别人有好的际遇。他知道这个世界很大,而人却渺小。

他会承担责任,做事时为别人想想。他有胸襟气度,不会整天计算着别人,不会执著于鸡毛蒜皮的小事。他更不会阿谀奉承,也不会去害人和占人便宜。他不会以生活为借口去做违背良心的事。

他不必绝顶聪明,不必要有野心,但要有视野。

爱一个世界大一点的男人,你也会变得海阔天空。爱一个小世界的小男人,你只会退步。

第二章
我不会爱上你

有些情意，转瞬即逝；有些情意，得意延续，发展成爱情。长路漫漫，最后也许会后悔，但你不会忘记，你曾经在一瞬间爱上一个人，那是多么浪漫的一件事。

两个身材不好的人

什么是爱情？爱情是和两个人有关的：

两个有弱点的人走在一起，幸好，他们的弱点并不一样。

两个骄傲自大的人走在一起，他们在对方面前变得帖帖服服。

两个不相信前生和来世的人走在一起，他们终于相信有前生和来世。

两个不相信婚姻的人走在一起，后来，他们结婚了。

两个各自拥有一个梦想的人走在一起，然后发现，两个梦想可以变成一个。

两个有不同理想的人走在一起，然后发现，他们的理想也有一个交会点。

两个嗜好完全不同的人走在一起，而且相处得非常和谐。

两个年纪不同的人走在一起，年长的会迁就年轻的那一个。

两个固执的人走在一起，然后轮流让步。

两个孤独的人走在一起，常常担心，对方没有了自己便会很孤独。

两个不漂亮的人走在一起，并开始觉得对方和自己其实也很漂亮。

两个身材不好的人走在一起，脱光衣服的时候，他们都不敢嫌弃对方。

就在一瞬间

你曾否在一瞬间喜欢一个人？不是一见钟情，你不是一个会一见钟情的人，但是，在某时某刻，在电光石火，或者蓦然回首的一瞬间，你喜欢他。

你一直和他一起工作，天天对着他，也没有什么特别的感觉，就在一个一起熬夜的晚上，你累得要死，他主动说一个笑话激励你，你看着他表演，那一瞬间，他竟像是夏天里你的一杯薄荷饮料，那晶莹的绿色与冰凉的口感深深地震撼着你，绿意驱走了睡意，你好喜欢他。

你本来不喜欢她那类型的女人，你觉得这种女人有点庸俗，一天，她忽然打扮得漂漂亮亮的出现，她脸上闪亮着从未有过的妩媚，跟她相处一个晚上，她并不是你所以为的那么庸俗，你内疚自己误会了她，就在内疚的那一瞬间，你发觉自己爱上了她。她是盛载在一个银杯子里的草莓冰淇淋，银杯子又盛在一个再大一点的银杯子里，里面放着干冰，在一瞬间制造出大量冰冻的白烟，有谁可以不爱上它？

有些情意，转瞬即逝；有些情意，得以延续，发展成爱情。长路漫漫，最后也许会消逝，但你不会忘记，你曾在一瞬间爱上一个人，那是多么浪漫的一件事。

不敢相信

你愈是不相信的事情，愈会发生在你身上。

你不相信一见钟情，偏偏有一天，你就跟一个人一见钟情，而他也跟你一样，是个不相信一见钟情的人。

你不相信你会爱上那个你最讨厌的人，可是有一天，你发觉自己竟然爱上了他。你那么讨厌他，怎么可能呢？事情发生了，也许就是因为你毫无防备，你不相信会发生。

你不相信日久生情，你一直认为如果真的喜欢一个人，一开始就应该有感觉，不会等那么久才开始，然而，你忽尔发现自己对一个人日久生情。

你不相信你会喜欢某一类人，你曾经夸下海口说：

"我一辈子也不会喜欢这种人。"

然而，你忽然爱上了他，真是作孽。

你不相信他会离开你，你一直以为，他是不能没有你的。两个人的感情陷入低潮时，你告诉自己，为了道义，你决不能离开他。谁知道竟然是他首先离开你。

你不相信你是那种为了爱情，可以把自己变得很卑微的人，可是，为了他，你现在卑微得连自己都不敢相信。

不要不相信，因为到头来，现实会让你不敢相信。

不是恨晚，便是恨早

相逢，不是恨晚，便是恨早。

太早遇上你了，我还不懂得爱你。

太早遇上你了，我还不懂得珍惜你。

太早遇上你了，我们的世界还有一大段距离，需要用时间来拉近。

太早遇上你了，我还有很多梦想要实现，你不会理解，也不可能接受。

后来，我才觉得遗憾，你出现得太早了，如果能够晚一点，我们的生命都会不同。为什么我不晚一点才遇上你？

太晚遇上你了，你身边已经另外有一个人。你说："为什么我没有早一点遇上你？"我不懂得怎样回答你。

太晚遇上你了，我身边已经另外有一个人。

我说："如果没有他，我会爱上你，但你为什么不早一点出现？如果六年前就遇上你，一切都会不同。"

你难过地说："六年前？那时我身边有另一个人。"

原来，我们从没有在适当的时候相逢。

太晚遇上你了，我现在才知道什么是爱情。我遗憾没有把第一次留给你。

太晚遇上你了，我已经不再像从前那样，会义无反顾地爱一个人。

如果我们恰恰相逢在适当时候，那是多么没可能的事。

有情有债

男女两情相悦，是否也该数目分清？

然而，数目分清又如何？债不一定是金钱，有情就有债，所谓债，我们有时候美其名为责任，"责"字加上"任"字的人字旁，就是"债"，人被要求对感情负责任，也就是负债，从有情那天开始，便有债。凡被爱或爱人的，都欠债。

当一段感情开始，便是各自向对方举债，所举的债乃是情。

情深的时候，双方都不会计较谁付出更多，谁又欠了谁，我们更会心甘情愿地付出，不需要对方归还。

到了情尽那一天，便各自拿出账单，看谁欠了谁。

当双方拿出账单计较付出多少的时候，便是情尽的时候。

有情便难免有债，只是，有时候负债也是一种快乐，有债便有恩，债能还清，恩也还不清。

不是每一个人都有欠情债的福分，没有人爱，就没有债可欠。条件不好，也无法欠债。

就像银行对楼宇按揭的要求一样，楼龄愈新，能借的债愈多，楼龄太老，请免开尊口，愈年轻的，能让你欠情债的人愈多，年纪一天一天老大，便没有人肯借债。

所以，情债还是愈早借愈好。

包底

那天问 E："你丈夫有没有给你家用？"
她说："没有。"
"是谁供楼的？"我问她。
"我。"她说。
"那他负责些什么？"我问她。
"外出吃饭是他付钱的。"
"那你结婚来干什么？"
她迟疑了一会儿，答："水费、电费，也要找人分担的呀。"
"但你要跟他睡——"
"反正一个人睡一张床也很宽敞。"
现代男女，结婚是找合伙人，只是 E 的合伙人比较差劲。
"如果我有条件，当然想找个男人包起我，不用那么辛苦。"她说。
"包起"只是交易，我们找一个伴侣，不是要合伙人，而是想有一个人为我们包底。

包底不一定是经济上包底，你没钱，他养你。包底是整个生命的包底——孤单时有人做伴，沮丧时有人支持，快乐时有人分享，生病时有人照顾，死后有人为自己伤心。

所有安全感，来自找到一个肯为你包底，你也愿意为他包底的人。你知道，即使跌入幽谷，也有一个男人用双手托住你。

"包起"只是一时，"包底"才是一生一世，有一个男人包底比有一个男人包起更重要。

爱情 Bodyguard

女孩来信说，她把那个在她身边守候了十二年的男孩子当做 Bodyguard。他是她的知己和守护神，她知道他喜欢自己，但是她总是嫌弃他的外表不怎么样，她自信可以找一个比他更好的。可是，当其他女孩子喜欢他，她又妒忌，她认为这个 Bodyguard 只能属于她。

一天，这个男孩署名"一个单恋的男孩"写信向她示爱，她拒绝了，但决定拖着他。去年，男孩终于去了加拿大升学。他走了，她突然很想念他。她每星期写给他的信远比他写给她的信多。男孩写信跟她说，他要念书，不能写太多信，回信是一种负担。她生气了，决定还以颜色，不再写信给他。

圣诞节，他寄了两张圣诞卡给她，问她想怎样。她很高兴自己终于惹恼了他，可又怕他以后不再理她。

这一刻，她不知道应该爱他还是继续拖着他。拖着他，很残忍，爱他，她又嫌弃他的外表。她说，她宁愿她负别人，也不让别人负她。她问："我是不是很残忍？"

爱情本来就是很残忍的，胜者为王。难道那个男孩不知道自己只是一个 Bodyguard 吗？难道他不知道他一直被他所爱的女孩拖着吗？只是，他甘愿如此。其他 Bodyguard 是拿薪水作报酬，这个 Bodyguard 想拿爱作报酬，却偏偏遇上了无良雇主。

如同陌路人

多年前,她爱上了一位男性好朋友,他经常约会她,说了很多甜言蜜语,向她大献殷勤,于是,她鼓起勇气向他表白,谁知他说:"你误会了。"

多年以后,她在街上碰到一个男人,那个男人很像他,只是样貌和肤色有一点儿改变,她望着他,他也望着她,却只是望着,没有行动,好像陌生人一样。

她问我:"如果是你,你会上前跟他打招呼吗?"

他不一定就是那个人,我也曾在街上碰到似曾相识的人,那一刻,心弦颤动,但,可能只是人有相似而已。

如果一个人执意不认你,你走上去也是没有用的。

女孩说,如同陌路的感觉好难受。

我得告诉你,两个相爱过的人,也要如同陌路,何况只是一段单恋?

如同陌路,根本就是人生。

朋友、情侣、夫妻,甚至亲人,也许有一天,变成陌路人,我们早已习惯。除了亲人以外,朋友、情侣、夫妻,本来就是陌生人,醒时同交欢,醉后各分散。他多年前说"你误会了",也许今天你仍然误会了那个是他。

转机站

M与女人有一段十年的苦恋,那时,在香港,他已婚,她未婚,她无名无分地跟他在一起,他不能离婚,他妻子儿女需要他。为了逞强,她也说明不会嫁给他,叫他不用离婚。

"你不会是一个好丈夫。"她对M说。

M的妻子开始怀疑他们,女人为了继续跟他在一起,下嫁一个很爱她的男人。

他们一个背着丈夫,一个背着太太,继续来往。年深日久,女人渐渐爱上了她本来不爱的丈夫,为了离开,她毅然与丈夫移民到外国。

女人移民以后,产下一双儿子,过着平静的生活。M在失去她之后,才发现最爱的是她,但他不敢叫她回来,他负不起这个责任。

这一次,M出外公干,要在女人住的国家转机,他约她在机场见面,他只有一个钟头的时间,她带着两个儿子匆匆赶到机场餐厅跟他见面。

异地相见,本来很浪漫,M想好了许多话要跟她说,可是,在那一个钟头里,他的旧情人、他曾经深深地爱过的人,偏偏忙着喂两个儿子吃东西。四十五分钟过去了,他欲言无言,她拿出手帕替儿子抹嘴,她回头对她曾经魂牵梦萦的男人说:"过去的时光真是美好。"他苦笑点头。

无法厮守终生的爱情,不过是人在长途旅程中,来去匆匆的转机站,无论停留多久,始终要离去,坐另一班机。

暗恋对象的死亡

读者 T 来信，她说，某年平安夜的一宗撞船意外，其中一名男死者曾是她初中时暗恋的对象。她和他一起住在离岛，在同一间中学念书，她一直暗恋他，却不敢开口，中三之后，这个男孩子离开了。她偶然会在岛上遇见他。后来，她听说他恋爱了，他女朋友便是撞船意外中的女死者。

平安夜那天，她跟家人仍在外地度假，回到岛上，才知道自己的暗恋对象跟自己阴阳永隔。

你的暗恋对象还在吗？也许，你对他已经没有感觉了。

当天暗恋一个人，也是曾经付出过一份情，患得患失，自我折磨，在开口和闭口之间，选择了沉默。

然后，许多年过去了，在街上碰到他和另外一些女孩子一起，你只能微笑点头，若无其事。幸福一点的是，再见到当年暗恋的对象时，已经没有感觉，奇怪当天为什么会暗恋他。他有什么吸引力？他怎配得起我？幸好当天选择了沉默。

那些患得患失和自我折磨的日子是成长的必经阶段，使人明白暗恋只是一个在初期略带甘味的苦果。

暗恋是卑微而从来不高尚，美化暗恋的人只是无法爱自己多一点。

一个自爱、独立而成熟的人会从暗恋的队伍中撤出来，那毕竟只是蜻蜓点水式的男女关系。

两个女孩子流泪

再收到T的来信，那宗撞船意外的男死者是她的中学同学，也是她中二时暗恋的对象。他的死讯传遍那个小岛，他生前的一群同学在课室里聚集，讨论这件事情，其中一个女孩子是死者中二时的女朋友，她哭得呼天抢地，所有人都在安慰她。唯独T不敢哭，她怕让人知道她曾经暗恋他，她是什么人？竟比他的前度女朋友更伤心？

T在信中说："在一群人中，有两个女孩子是为了同一个男人而哭，那是不可能的。"

她眼巴巴看着另一个女孩子哭，眼巴巴看着所有人安慰她，自己却只能回忆他生前的形影。他是那么生动，好像还没有死，直到他的遗照在电视新闻报道中出现，她才确信他永远不会回来了。

T问："我是否很没用？不管如何，他也是我曾经爱过的人。"

"爱"太言重了，那只是一段暗恋，因为他死了，才变得那样凄怨。要是得到了，要是他没有死，这一段暗恋并不足以令人回首。

暗恋之苦，T自己都说了，就是不能在众人面前为一个男人流泪，而且还要安慰那个为他流泪的女人。

我们做错了什么事，要如此折磨自己？无法为他的成功鼓掌，无法为他的失意而流泪，只能躲在暗角偷窥，忍泪来成全所谓"爱"。

心碎先生的选择

署名"心碎先生"的读者说,男女关系往往从选择开始,我们选择别人,别人选择我们。有些人常常被选中,有些人却从来没被选中。

是的,人生最痛苦不是无法做出选择,而是从来没机会选择。

有些人条件很好,只有他选择别人。

条件差一点的,只好等别人来选择,被选中的不一定好,不被选中的也不一定坏。

我们埋怨不被选中,是埋怨没有被自己喜欢的人选中。

你选中他,但是他选了别人,他选中的人,又选了别人。这个游戏不断重复,直到你被你喜欢的人选中了,或者你降低要求,选中喜欢的人。

人生的烦恼往往由选择开始,每一次的选择都是贪婪与恐惧的平衡。你想得到最好的,却又害怕原来他不是最好的。苦苦思量,你选择了他,这个选择满足了你最大的贪欲,而恐惧也是最少的。

男人勇于冒险,女人比较现实,但是,每一次的选择都是一次牺牲。

你牺牲了梦想,选择踏实的他。你牺牲了一段激烈的爱情,选择与另一个人长相厮守。有时候,你宁愿别人选择你,而不是你选择别人,那么,你便不用承担责任。

选择不难,最难的是选了之后不后悔。

是震撼，也是无力感

　　一位念中六的女孩子问，爱情的定义是什么？她思考了很久，还是想不到。

　　爱情的定义，对每个人来说，也许都有点不同吧。

　　有些女人觉得男朋友哪天不打她就是爱她，有些女人觉得男朋友哪天打她才是爱她。

　　有些女人认为替男人生孩子是爱他，有些女人却认为为男人打掉孩子才是爱他。

　　有些女人觉得为一个男人放弃自己的理想，便是爱他。有些女人却会因为爱一个男人而有自己的理想，她怕跟不上他。

　　付出是一种爱，但是，想从他身上得到更多，也是一种爱。

　　思念是爱，但是，你叫自己不要再思念他，你负担不起了，那也是爱。

　　爱是有安全感，又没有安全感。

　　爱是一种震撼，也是一种无力感。

　　爱是诱惑，也唯有爱能给你力量抗拒诱惑。

　　爱是忠诚，可是，爱也会令你背叛。

　　不要问我爱情的定义，它的定义会随着你的年纪和经历改变，愈来愈清晰，或者愈来愈模糊。那时候，你会明白，寻找定义是不必要的。

期待，微笑，然后哭泣

W与相恋四年的男朋友分隔两地，她在美国，他在中国，两个人只有两年零六个月的时间真正在一起，现在只能靠书信和电话联络。

他们互相思念，想见又见不着。见不着的时候，她以为自己很爱他；一旦可以见面，她又觉得自己好像不需要他。她愈来愈迷惘，她应该放弃他吗？

不要说相隔天涯，即使是近在身边，有爱情，就有迷惘和怀疑。从爱上一个人那一刻开始，我们便不停在爱与不爱的问题上兜兜转转。

见不着的时候思念他，见到他的时候又觉得不需要他，这是爱还是不爱？

也许，这就是爱情。思念，牵挂，期待，相见，微笑，然后哭泣。

虽然最后会哭泣，但我们享受了思念、牵挂、期待和微笑的过程。而且，哭泣之后，若没有分手，就是思念、牵挂、期待，然后再相见，不停地重演。

每一段爱情，都要经历期盼和失落，犹豫和肯定，微笑和心碎。哭泣不要紧，只要曾经微笑，事后又思念，那么，你还是爱着这个人的。没有一种爱是不需要反复验证的。

失约和等待

我常常在想,世上会不会有一段爱情是这样的——

一方不停地失约,另一方却不停地等待。

他常常在约定的时刻失约,她却心甘情愿地等待。

他说好今天晚上无论如何也会溜出来跟她见面,于是,她满心欢喜地在那里等他。他失约了,她没有埋怨,只是继续等他。她没有打电话找他,问他为什么不来,她知道,要是他能够来的话,一定不会失约。

他不止一次失约。那天,他说好要陪她过情人节,她喜出望外,半信半疑地问他:

"你真的可以来?"

他点头。

情人节的晚上,她穿好一身最漂亮的衣服等他,他又失约了。每一次的失约,事先都毫无征兆,甚至没有交代。她安然坐在家里等待,约定的时候,她是有点怀疑的,然而,他失约了,她却毫不怀疑地等下去,仿佛这一辈子也不会动摇。

这天晚上,雨下得很大,她站在窗前等他,他又失约了,不过,她还是会等下去的。虽然他说谎,说好了会来又失约,然而,既然他说过会来,他一定是曾经决定无论如何也要想办法来跟她相聚的,无奈却不能来。她怎么忍心怪责他?

在谎言和失约中,她变得坚强,也更能面对孤独,因为,长久地、一往情深地等待一个常常失约的男人,毕竟需要很大的勇气。

幸福总被思念所淹没

台湾作家小野在他的小说《爱情解严》里写了这首歌词。我觉得很动人，所以抄了下来——

"为什么幸福的感觉总被思念所淹没？
为什么想要的承诺只能被微笑掠过？
如果得不到灵魂岂在乎耳鬓厮磨？
如果得不到永恒又何必长相厮守？
你可以重复着初恋，却不可以重复着后悔。
你可以重复着后悔，却不可以重复着最爱。"

幸福的感觉总被思念淹没，因为思念有时候是苦的。

承诺只能被微笑掠过，因为他不想说谎。不想说谎，只好用微笑代替承诺。

没有灵魂，耳鬓厮磨就变得很丑陋，但为什么有些男人可以不要灵魂？

有时候，长相厮守并不代表永恒。他心里牵挂着的，也许是另一个人。

初恋的感觉也许会重来，但是你最好不要再爱上不该爱的人。重复的后悔，太令人沮丧。

后悔之后，并不代表可以重来。所谓最爱，只有一个人。天涯海角，就只有这么一个人。

你今天幸福吗？幸福的感觉曾否被思念淹没？听到承诺时，又是否只能微笑？

爱情挂号

见医生可以挂号，谈恋爱也可以挂号。有些男人会对已经心有所属的女人说：

"如果你跟他分手，留一个机会给我，让我补上。"

他说得非常凄楚委屈，真诚动人，而且只在一次迷人的气氛下说过，以后不再提起，以示慎重。

有一天，这个女人跟男朋友闹翻了，她立刻想起曾有一个男人说过，他愿意当后补。为了报复也好，为了找人安慰也好，女人会设法让这个已经挂号的男人知道，她已经变成独身了，或者她正准备跟男朋友分手。在这个男人身上，她可以重拾自信，因为在她无法接受他的爱的时候，他依然那么温柔地说过："如果你跟他分手，留一个机会给我，让我补上。"

这个男人一定很爱她。即使她不爱他，找他来报复也是好的，谁叫他预先挂号？

预先向心仪的女人挂号的男人为数不少，有一种男人只向一个女人挂号，真心愿意等她。另一种男人向很多女人挂号，渔翁撒网。譬如他先后向三十个女人挂号说："如果你跟男朋友分手，让我补上。"那么，他便有三十次机会当后补。

三十个女人，不可能没有一个不跟男朋友闹翻或分手，只要有一个想起他已经挂号，他便可以得到一个女人。

这种男人并不在意女人找他们做报复对象，因为他们相信女人的报复必定包括身体。

他们只能做奸夫

最没用的是这种男人了,他从一开始就知道自己是第三者,声声说不介意,声声说:"我愿意躲在暗角里为你流泪"、"只要你快乐,我做什么都可以"、"我可以等你一辈子"。

然而,才不过三个月至半年,他便原形毕露,迫女人:"如果你不跟他分手,我就把我们的事情告诉他。"女人慌张地求他:"不,求求你不要告诉他。"男人便发疯似的说:"你为什么那么害怕让他知道?你是不是仍然爱他?"

那还用说?

曾经有一个男人是这样迫女人跟男朋友分手的。中秋节前一个月,他警告她:"中秋节前,你要跟他分手。"她做不到。圣诞前,他警告她:"圣诞节之前,你一定要跟他说。"她做不到。他说:"新年前是最后限期。"她做不到。到了翌年,他说:"复活节前,你不离开他,我就把我们的关系告诉他。"她做不到。他说:"那么清明节前,你一定要跟他分手。"

接受不来,离开好了,婆婆妈妈最讨厌,还去威胁自己所爱的女人,这种男人,能有什么作为?

女人可以成为伟大的第三者,但是男人,天生就不是第三者的材料。他们只能够长久地做奸夫而无法长久地做情夫。

就当是修辞学吧

一个男孩子对我说,他女朋友说他很好,说跟他一起很开心,很有安全感,但就是没有爱的感觉。她要走了,他问:

"可否告诉我,爱的感觉是什么?"

所谓感觉,你就当是一种修辞学吧。

什么都可以加上"感觉"这两个字,然而,这两个字拿走了也是没问题的。

她说的那番话,拿走修辞学,就是以下这个意思:

"你对我很好,跟你一起很开心,很有安全感,但我就是不爱你。"

一个人对你很好,不代表你就会爱他。

她说跟你一起很开心,我不相信是百分百的真话。每个女孩子拒绝一个好男孩时都会这样说,正如你去朋友家里玩,临走的时候,你也一定会说:"我今天玩得很开心。"这样说,是感谢他的热情招待,不代表你真的玩得很开心。

她说跟你一起很有安全感。在一个喜欢自己的男人身边,当然有安全感,因为他付出比你付出的多。他是你的守护神。女人需要守护神,却不一定会爱上他。

一对曾经爱得死去活来的情侣,在分手的时候,也许会黯然说:"我已经没有那种感觉了。"你以为那种感觉是什么?爱过的人,说不出"我不爱你"这四个字,只好用修辞学。

究竟爱到什么程度？

男人说了"我爱你"，女人不一定会热泪盈眶拥抱他，女人也许会问："你说爱我，那么究竟爱到什么程度？"

什么程度？这是很难回答的。

说"比天还要高，比海还要深"，笨蛋才会相信你。

说"你是我这一辈子最爱的女人"，问题并不会解决，"最爱"是什么程度？

男人说："是危险程度了。"女人会感动得立刻追问："危险到什么程度？"

爱不是一个数字，不能说"已经达到一百分"，或者说"就像'华氏定理'一样永恒"。

爱到什么程度，也许只能打个譬喻。

爱你的程度，就像女人与神奇胸围，一旦遇上了，就永远不能没有。

爱你的程度，就像男人与权力，永远不能分开。

爱你的程度，就像茶叶和水，没有水，茶叶就很寂寞。

爱你的程度，是牛油和面粉。牛油和面粉共同努力，才可以做出蛋糕。

爱你的程度，就像双脚和鞋子，一生相依。

欺骗女人的高手

一个男人说,如果要欺骗一个女人而不留任何后患,最好不要只骗她的身体,要连她的感情一并欺骗。

连她的感情也欺骗,她便会以为这是一段爱情而不是一个骗局。这个男人不是存心欺骗她,因为他也付出过感情,他做过许多令她感动的事,他曾经天天打电话给她,他曾说爱她,曾许诺永不离开,曾说过要跟她结婚。况且,他在跟她上床之后,并没有马上消失,更加证明他不是骗她。他两个月后提出分手,是因为大家合不来而不是他认为这个游戏已经玩完了。分手的时候,他表现得很难过,分手之后,他还打过几次电话给她,如果他存心欺骗,他用不着这样做。

一个男人只要做过这些事情,女人便相信她和他那一段是短暂而灿烂的爱情而不是被人骗了。失恋的女人哀伤自怜,不单不会恨他,也许还会永远怀念他。

那么,即使看到他跟另一个女人一起,她也不会来破坏好事,顶多恨他另结新欢。

骗一个女人的感情是高手,骗她的身体只能算是个低手。

要怪只好怪恋爱中的女人太愚蠢,她们总是以为只要一个男人曾经诚恳地跟她说:"你嫁给我好吗?"他便一定曾经爱过她,曾想跟她共度余生。

贫穷的赌徒

　　女孩说,她在去年认识了现在的男朋友,两个人的感情很好,大家都视对方为终身伴侣。他刚刚在美国找到一份工作,他很想她也跟他一块过去,然而,那代表她要离开香港的家人和工作。她不可能在那边找到工作,想到学校读书也不行,因为他每半年会转换一个工作基地。跟他过去,她可以做的就是留在家里照顾他和重新建立自己的生活圈子,这意味着她要依赖他。她很烦恼,不知道应不应该跟他走。

　　不跟他走,她可能会后悔一辈子。跟他走的话,谁又可以保证感情不会变?如果她离开了家人,放弃了工作,放弃了自己的前途跟着他,她会觉得自己为这段感情牺牲了很多,她会因此对他要求很高,将来只要他稍微对她不好,她就会恨他,并且觉得自己的牺牲是不值得的。两个人在异乡生活,难免要面对许多生活问题,如果还要面对一段充满压力的感情,到头来只会互相怨恨。

　　爱情的抉择有时候跟赌博没有两样,你可能赢,也可能输得一败涂地。你决定去还是不去的时候,要考虑的不是你将来会不会后悔,也不是他会不会永远爱你,因为你根本无法知道答案。最重要的,是你爱不爱他,是不是爱他爱到愿意豪赌这一铺;虽然你是个贫穷的赌徒。

我永远不要让你知道

以前，我会说出很残忍的说话，譬如：
"我喜欢你，但我不爱你。"
"你的年纪可以做我爸爸了，别妄想。"
当对方在晚上打电话来剖白他的心事，诉说着爱的痛苦时，我甚至会搁下话筒上洗手间去。回来的时候，拿起话筒，冷冷地问他："你说完了没有？"他竟然不知道我曾经离开。
某天，我忽然想起，我好像已经很久没说过太残忍的说话了。
不爱一个人，根本不必让他知道。岁月流逝，他会死心。
年纪可以做我爸爸，不是什么罪过。什么年纪，也有权爱上别人，甚至爱上不该爱的人。
我也不会放下话筒上洗手间，由得对方在那边自说自话了。
那些残忍的说话，曾经多么伤害对方，都是我的罪孽。
并不是我现在听到人家对我说同样的话，所以我惭愧。而是我愈来愈觉得，有些话不说出来比较好。
什么也不说，其实更残忍。我永远不要让你知道我爱不爱你，也不会让你知道我心里想些什么。
看！我比以前更残忍。

跟三十岁恋爱，被四十岁爱

有人问A："你最喜欢和什么年纪的男人谈恋爱？"

她想了很久，不知道应该怎样回答。她曾经爱上一个比她大三十二年的男人，也曾经跟一个比她小七岁的男人谈过恋爱。每个阶段的男人，都有他可爱和可恶的地方。

也许，就由我来替她做一个总结吧。女人最完美的恋爱生活，是永远被十来岁的男孩子思慕，被二十来岁的男人仰慕，跟三十来岁的男人恋爱，被四十来岁的男人深情地爱着，与五十来岁的男人讨论人生。

十来岁和二十来岁的男人，还是很幼稚，不懂得爱，也不懂得迁就女孩子。他最大的优点是那股傻劲。这么傻的人，只配仰慕你。

三十来岁的男人，开始成熟，知道自己想要什么，也懂得迁就女人。假如你是十几岁或二十几岁，三十几岁的男人便最适合你，他可以教你很多事情。

可是，三十岁又比不上四十岁。四十岁的男人，开始有点智慧、懂得尊重自己的承诺。当他爱上一个女人，他会很情深，不像二十岁的男人，整天只想着那回事。

跟五十岁的男人聊天，你的视野会变得广阔。他的智慧和人生经验，会让你着迷。可是，他毕竟老了一点。岁月在他身上已留下了痕迹。你可以爱他，但不要嫁他。

守护天使

最痴的情是守护。

偶然看到台湾电视剧《包青天》，郭槐以狸猫换太子，扶助西宫成为皇后，原来因为爱情。他爱西宫，所以保护她，成全她。离开皇宫之夜，他在帘外凄然对她说："我不能再照顾你了！"

这段情节，是编剧杜撰，却令许多妇孺觉得郭槐伟大。

元顺帝时，高丽人朴不花因为青梅竹马的爱人被召入宫做皇后，他为了保护她，竟自宫入朝做太监。

钟楼驼侠加西莫多、大鼻子情圣，都一直守护着自己心仪的女人，至死方休。还有《天国车站》里的傻汉，在雪地里追逐他心爱的女人出嫁的花轿，杀死虐待她的男人。

守护是漫长的煎熬，他自知配不上她，不敢示爱，或是知道她另有所爱，他选择守护。躲在暗角栖息，随时奋身而出，两肋插刀。

守护天使以痛苦换取快乐，他们也许从未得到过。是命运选择他们，而不是他们选择命运。

他们是在屋顶上，吹着号角，哀怨低回的天使。

我这样去爱有错吗？

有一天，无端地伤感，在平常不会通电话的日子里，摇了个电话给他。

未说话已经哽咽，吓得他连忙问我：

"是不是撞车？是不是给老板骂？是不是哪里不舒服？"

噢，统统不是。

"只是想听听你的声音。"我说。

"那为什么哭？"

"听到你的声音之后，很感动，所以就忍不住哭嘛。"

我其实是个很害怕寂寞的人，又有谁不怕寂寞呢？

有人说，爱情不应该是因为害怕寂寞、孤单，害怕被孤立而去爱。

可是，若有那么一个人，令你不再感到寂寞、孤单，不再感到被孤立，为什么不可以爱？

即使朋友前呼后拥，若当中没有挚爱的人，只会更寂寞。

那些人又说，我们应该是想付出爱而去爱，不是想得到爱而去爱。

可是，若有那么一个人，令你热切渴望得到他的爱，何以不可去爱？

多么璀璨的爱情，有一天，都要脚踏实地，何必把标准定得太高？因害怕寂寞而爱一个能令你不再寂寞的人，因为想得到他的爱而去爱他，有什么不对？

伤人至深的武功

日本配音片集伴我度过寂寞的童年，也是我的德育老师，《青春火花》鼓励我要积极奋斗，《绿水英雌》启示我仁者无敌，但首次领会爱情，是看《柔道女金刚》。

《柔》剧是一部古装武侠励志剧，女主角的父亲是柔道一派宗师，当年与一名离经叛道、虚幻莫测的柔道高手决斗惨败，饮恨而终。小孤女矢志为父报血海深仇，放弃娇弱幸福的女儿家生活，苦练柔道。

成年后，她每年一次，带着父亲的灵牌去找大仇人决斗，但是，每一次，她都输给他。

她访寻名师，誓要击败他，她的柔道，早已是一人之下，万人之上。

十数年后，她怀着无比信心挑战他。这一次，她终于把他打败。她倒地痛哭，仇人含笑奄奄一息，刚才是他让了她一招。

原来，不是她打败仇人，而是仇人爱上了她。

十多年来，每年一度燕归来，渐渐变成情意思念，她只有仇恨，他却演变成爱意，愁肠百结，凄苦自虐，她永不可取胜，他唯有含笑死在她手上。

当然，这是日本大男人主义的体现，女人永不可能胜过男人，除非男人让她。但当年小小心灵，早明白爱是煎熬，从来凄苦。

今天再回味，依旧感受至深。恨一个人不容易；爱一个人，也太艰苦。

情是世上伤人至深的武功。

因为没时间了

我们做一件事或不做一件事，往往都是因为没时间。

你告诉他，你喜欢他、爱他，因为，你没时间了，不想再互相猜测。早点告诉他，那就可以早点开始，让他早点爱你。

你是从来不肯说对不起的，这一天，你跟他说对不起。因为，你没时间了，年纪已经不轻，寻寻觅觅，终于在人海里找到他。他是最好的，失去了他，你没有信心可以找到一个和他一样好的。你们的性格太相似了，常常吵架。每一次吵架，你都灰心地想到，你们是不是应该分开？可是，见不到面的时候，你却又思念他。再不和好的话，他也许就会走。你唯有跟他说一声"对不起"，请他不要走。

你很想和他吵架，但你最后还是沉默，因为，你没时间了。明天还有很多事情要做，心里还有很多烦琐的事，如果吵架了，便什么心情都没有，那么，不如算了。

你很想跟他讨论一下你们的关系，也许，你们都不适合对方，不应该再在一起，然而，你还是把这种想法按下去了，因为，你真的没时间。你没时间跟人分手。

相爱需要时间，分手也需要时间——要哭、要伤感、要复原。我们太忙了，实在负担不起。

伤心人坐的士

一个人坐的士，不外这几个原因：
一、赶时间。
二、太晚了。
三、目的地很难找。
四、没有别的交通工具可以到达。
五、疲倦。
六、心情不好。

为头五个原因坐的士，路途遥远的话，眼看秒表像心跳一样快，也许有些肉刺。因为心情不好而坐的士，才不理会秒表跳多少。

早上上班，心情不好，地铁站近在咫尺，也宁愿挥手叫一辆的士，立刻钻进车厢，做个孤独的人。心情好，才有兴趣欣赏地铁风光，忍耐列车一站一站地停下来。

刚刚跟男朋友分手，从他家里走出来，哪管是从铜锣湾到天水围，也毫不考虑地跳上一辆的士，反正我喜欢，反正已没有什么值得留恋。

跟男朋友在街上吵架，赌气地不让他送回家，当然是立刻跳上一辆的士，难道还要委屈自己去等隧道巴士回家吗？

目睹心爱的人跟另一个人亲热，当然也是急急地逃上一辆的士，良久说不出要去哪里。

受了挫折，万念俱灰，疲倦得不想走一步路，也唯有窜进的士车厢里，请司机随意地开往一个地方。有时候，甚至只是为了听收音机里一首未播完的歌，请司机再绕几个圈子。

所以，在这个都市里的士上常有流泪的、掩面痛哭的、独自神伤的乘客。

爱情八件事

开门有七件事：柴、米、油、盐、酱、醋、茶。爱情有八件事，是柴、米、油、盐、酱、醋、茶、酒。

柴：
柴生火，而爱情，有时候不过是互相取暖。

米：
有些女人嫁给爱情，有些女人嫁给米饭班主。
最好的男人，是同时提供爱情和米。

油：
优柔寡断的男人是猪油，多吃会腻。
漂亮的女人是麻油，活色生香。

盐：
好男人是盐，能把女人的味道刺激出来。
聪明的女人是盐，懂得在适当时候，恰如其分地做男人的调味料。

酱：
凶女人是辣椒酱，偏偏有些男人嗜辣。好男人自然是酱。

醋：
爱情需要有一点醋味，我们才知道对方是否紧张自己。

茶：
细水长流的爱情是一杯透心凉的茶。

酒：
酒的醇度和级数，由时间决定。

情是永远 IN

以前所谓潮流与过时，等于今天的 in 和 out，说"潮流"已经 out，说 in 和 out 才是 in。In 和 out 的东西包括服装、读物、明星、饮食习惯、旅游地点、生活方式、恋爱态度、购物地点、消闲方式等等，覆盖范围极广，即使我们惯用的词语，在 in 和 out 的大势所趋之下，也有新的意义。

所谓"糜烂"，不再是天天晚上泡兰桂坊，带一个刚相识的女人或男人回家上床。也不是在的士高内大伙儿一起吸食大麻。更不是故意使自己看来不得意，晚上在兰桂坊一带买醉，翌日回到公司打瞌睡。今之所谓糜烂，不是一种堕落，而是一种生活方式。所谓"糜烂"是选一个风和日丽的星期天，约朋友一起驾敞篷车或爬山车到赤柱或浅水湾一带吃午饭，喝啤酒，谈天说地，或者带一本最 in 的书去看，直至夕阳西下才回家去。

星期天，做些无聊事，是为"糜烂"。昔之糜烂是一个形容词，今之"糜烂"是一个动词。

"我们去糜烂。"是一种有闲阶级的度假方式。至于在兰桂坊的那一批人，已经 out 了。因为最 in 的生活态度不是堕落，不是没有明天，而是自爱。

一夜情已经 out 了，有人说最 in 的男女关系是无性生活，我说情是永远 in。

不要有那种神情

你还记得你所爱的人做了错事之后的神情吗?

你很爱他,但是他整夜没回来,你差不多可以肯定,他昨夜跟一个女人在一起。他回来了,一看到你,他就垂头丧气,不敢望你。为了逃避你的目光,他找些无意义的事来做,譬如忽然走去检查水龙头或者去看看盆栽,他只是想挖一个洞躲起来。你一辈子都不会忘记他那种窘态,正是他那种窘态让你伤心。

做错事的,也许是你父母,你一辈子都不会忘记小时候看到父母做错事之后的表情。爸爸做错了事,在你妈妈责备的眼光下,想逃也逃不了,只好恼羞成怒。当妈妈做了对不起爸爸的事,你看到她眼神闪烁不定,爸爸下班回来,她连忙躲到厨房里切菜,她根本抬不起头。

原来,一旦做了错事,你在爱你的人面前,是那么卑微和可怜的,根本没有尊严。

当你看过这些窘态,你会告诉自己,你不能做出对不起爱你的人的事,你不想在他面前抬不起头,你不会让你看过的那卑微和可怜的神情出现在你脸上。这副神情,既剥夺了你做人的尊严,也最叫爱你的人伤心。

愿意冒死一试的病毒

曾经有一名菲律宾学生制造了一种名为"我爱你"的电邮病毒，许多人收到这封电邮时，不虞有诈地打开来，结果受到感染，连英国下议院的计算机系统也没法幸免。

这种病毒所以成功，是觑准了人们的心理吧？

恋爱中的人，收到"我爱你"电邮，会以为是心上人发出的，于是连忙打开。失恋的人，以为是旧情人重投怀抱，也迫不及待打开来看看。没恋爱的人，以为有人暗恋自己，所以，满心欢喜地打开来看看。结果，他们全都染病了。

看见"我爱你"这三个字，谁能忍受不去理会呢？我们多么渴望被人所爱？相识的，甚至不相识的。

要传播计算机病毒，除了"我爱你"之外，以下几句，也保证可以骗倒对方：

"我第一眼便爱上你。"

"我知道有人暗恋你。"

"思念你。"

"给美丽的你。"

最后这一句，凡是女人都会打开来看看。即使知道可能是骗局，我们也愿意冒死一试。

但能给我片刻欢娱，一死又何妨？最厉害的病毒，是爱和谎言。

都是不怕死的

林青霞夫婿邢李原说:"愿意结婚的人都是不怕死的。"

这大概是离过婚,又再结婚的男人的自嘲吧?

每个人只能够死一次,却能够结很多次婚。没有人知道死的感觉如何,死亡应该是很痛苦的,于是男人说,那就像结婚。

一个男人跟我说:"不要渴望饮汤,当你结了婚,有一个人天天叫你饮汤,你就不想再饮汤。"

名时装设计师说:"结婚,就是一次最昂贵的试身。"

一个经过婚姻失败,然后做了别人的第三者的女人,近来经常迫她的男人离婚,再和她结婚。

我问她为什么还要结婚,她说:"想有一个人为我分担一切。"

她说的是分担,而不是分享。

每一个已婚的人都知道,婚后,我们只会独自承担更多的愁苦。你爱他,不想他担心。你不爱他,根本不想告诉他。

男人说:"如果想知道死亡的感觉,就跟一个女人结婚吧,她会令你比死更难受。"

勇者无惧,在这个时代,还愿意结婚的男人,都是可爱的——我说的是那些有条件的男人。

我不会等到那一天

有人会说:"虽然他心里爱着别人,但我会一直等他。"
既然他爱着别人,为什么还要等他呢?
他们回答说:
"因为爱呀!"
我永远不会等一个不爱我的人。这种等待,谁知道要等多久?谁知道会不会有完美的结局?
为一个不值得的男人等待,是浪费青春。为一个爱我的男人而等待,才是有价值的。
常常有人问:"我还要等下去吗?我身边有许多诱惑。"
那你到底有多爱你等的那个人?
所有身边的诱惑是不是比不上遥远的思念?
等一个不爱自己的人,是愚蠢的。他并不知道你在等他。即使知道了,他也只会怜悯你,甚至无动于衷。
我为什么要等你呢?你甚至不会思念我。
在加西亚·马尔克斯所著的《霍乱时期的爱情》一书里,阿里萨等他所爱的女人费尔米纳等了五十三年七个月零十一个日日夜夜之遥。当他们终于可以亲热时,两个人都已经鸡皮鹤发了。我决不会让自己等到这一天。即使是等自己最爱的人,我也只能等到我的皮肤失去弹性之前。如果你爱我,你不会舍得让我等到那一天。

与次选漫游

当首选的对象落空时，我们往往会把爱和时间分给几个次选。

既然得不到自己最想要的那个，那么，倒不如分散投资。他们爱我比我爱他们多，爱情没意思，心灵空虚，只想周旋在几个奉承我的男人之中。

可是，装得如此潇洒和任性的女人，却并不快乐。

我们本来想分散自己对某个人的爱和想念；然而，在分散的过程中，我们却更渴望整合。原来，感情是没法分散的。我们愈是努力忘记，我们反而愈渴望得到一个完整的人。

几个人是没法代替一个人的，一个人方可以代替另一个人。与其努力把时间分给几个你不爱的男人，倒不如收拾心情，找一个自己喜欢的。不要期望在分散投资之中能够找出一个最好的。能让你分散投资的男人，通常也不值得你只爱他一个。

当你在分散投资，人家也会如此。你也不过是他其中一个吧。好的男人，才不肯成为众多候选人之一。这种爱情，太没尊严了。

同时和几个次选漫游，只能暂时疗伤。时间太多，心灵太寂寞，才会出此下策。想用次选来忘记伤害你的那个男人，你会痛苦地发现，无论他有多坏，他始终是你最想念的。

如果时间变换

有时候,我们会想,如果时间变换,或许,我会爱上这个人。

他出现的时间太早了,我不懂得欣赏他。若干年后,当我成熟了,当我的经历多一点,或许,我会喜欢像他这一类人。

然而,许多年过去了,我们才知道,即使时间变换了,我还是没法爱上这个人。从前不会,现在不会,将来也不会。

那个时候的想法,委实太天真了。自己不爱那个人,偏偏又安慰自己,也安慰他说:"只是时间不对罢了!"

这都是骗人的。

要是我爱你,时间也要为我改变。

当我们说时间不对的时候,是我爱这个人,而我身边或他身边却已经有另一个人了。

时间变换了,我们早一点相识,一切便会不同。

历史不可以改写,那么,将来有一天,他身边的那个人,或我身边的那个人消失了,换了光阴,换了地方,说不定我们可以厮守。

对时间感到遗憾,是因为我们相爱。

遇上自己不爱的人,而他偏偏那样好,只是有点可惜而已,没有什么遗憾。

对不起,老实告诉你,时间变换,我还是不会爱上你。

Sooooooooooooo

接到一封电邮，女孩子写道："We love each other sooooooo much！"

这个sooooooo忽然让我很感动。

我们有多么爱一个人呢？So much还是不足以去表达我的爱，要sooooooo much才仅仅足够。

我很很很很很很很爱你！我要强调的，不是"爱"这个字，爱是独一无二的。一个"爱"字比十个"爱"字精练很多，一枝红玫瑰和一百枝红玫瑰，同样都是诉说着我爱你的深情。

I love you sooooooo much！这么多的字母o，因为我不想说完这一句。很爱你的日子，我还会在s后面放更多的o，连绵不断，一眼看不尽。

这个sooooooo much，说起上来，发出"嘘"的声音，多么的甜？写的时候，每按一下o字的键都是一次喜悦。然而，我们的o会不会一个一个地递减？岁月无情，我没那么爱你了，你的爱也变平淡了。Sooooooo much变成so much，然后，唯一的o也省去了，只剩下一个没意义的s。

爱情便是字母o的递减吗？唯愿我们曾经有过sooooooo的日子，那是回忆里最甜美的时光。

高傲地发霉

跟旧同学见面，她刚刚失恋了。

"我本来不爱他的，后来不知怎地爱上了，现在竟然是他不爱我。"

故事通常是这样的。你原本是不在乎的那个，到头来却是你不被对方在乎。

"认识他许多年了，一直是朋友，做梦也没想过会喜欢他。一天，发觉他身边有其他女人出现，我突然觉得我会失去他，然后，我爱上了他。"她说。

也许，她并不是真的那么爱他，她只是不想失去一个忠诚的守候者。

有一个男人很喜欢你，对你千依百顺，每天也打电话跟你聊天，你知道他的心意，但你就是没法爱上他。可是，有一阵子，他忽然不再打电话给你，你开始觉得不自在了。不自在的时候，你怀疑自己其实是爱他的。你愈想愈觉得自己开始思念他。当电话的铃声再次响起，你马上用恋人的语气跟他说话。

这是爱，还是我们不甘心失去一个追求者？

为什么会在他不再忠诚的时候才发现自己爱他？我们只是不习惯孤单一个人，在电话旁边发霉。于是就糊糊涂涂爱上对方，从此失去了优势。

我宁愿高傲地发霉，也不要委屈地恋爱。

爱情意外收获

F曾经闹过三角恋爱，后来加入的那个男人妒忌心极重。一天晚上，在迪斯科厅里，这个男人跟她说，他曾经找一名私家侦探跟踪她，他想知道她跟她男朋友的关系。F听了之后，惊喜交集。雇用私家侦探跟踪自己心仪的女子这种故事，好像天方夜谭，不可能发生在一个平凡女子身上，可是，真的发生了！一个男人竟然爱她爱到这个境地！他找人窥探她的隐私、监视她的行踪，虽然可恶，比起送花送礼物说绵绵情话，却要浪漫得多。私家侦探收费高昂，而他愿意付出这个代价，做这种野蛮的傻事，怎不叫她感动？

在迪斯科厅的那一夜，F觉得自己突然爱上了他，可是，她也只爱过他这一天。一个多月之后，他们分手了。许多年过去了，F仍然常常向人提起，有一个男人曾经雇用私家侦探跟踪她。她不爱他，却沾沾自喜，那是一项光辉纪录。

F从来没有发现被人跟踪，也没有见过任何证据，譬如相片之类，我有点怀疑，那个男人是否真的找过私家侦探跟踪她，还是编造了一个美丽的谎言感动她。

F大抵不愿意相信这是一个谎言。

跟心仪的女人说："我找过私家侦探跟踪你。"往往有意外收获，她会深信不疑，并且大受感动。

你爱我百分之几？

我们对一个人的爱不可能每天一样，总会有高低起伏，今天爱死你了，明天或许只剩下一半，后天又爱多了一点。

英国作家艾伦·狄波顿在他的小说《我谈的那场恋爱》中，有一段有趣的情节，主人翁和女朋友珂萝叶之间有一个小小的游戏。

他们其中一个人会问："你今天不爱我吗？"

"我今天比较不爱你。"另一人回答说。

"真的？程度减少很多吗？"

"不，没那么多。"

"百分之几？"

"今天？大概是百分之六十五，不对，或许超过百分之六十七点五，那你对我又是多少呢？"

"天啊！我想大概是负百分之三十吧，虽然一大早还有百分之一百二十五，当时你正……"

这样的玩笑有一种哲学意味——承认两个人之间的感情波动，不要求爱情必须像电灯泡那样恒久发亮。

让人伤感的是，后来珂萝叶爱上了别人，当艾伦想再逗她玩这个游戏时，她完全不肯回答。

恋人之间都有自己的秘密游戏，就像两个人的悄悄话，甜蜜温馨。许多年后，即使已经各散东西，你还是会回味那个游戏和那些悄悄话。你不会再跟另一人玩同样的游戏。

价无情，值有情

我们常提到价值，什么是价？什么是值？有人说，价是短暂的，值则永恒。

价是短暂的，也许每天都在改变，但值不一定永恒，今天值这个价，明天也许不值。

价值不是短暂与永恒的分别，而是客观和主观的分别。

价是客观的，每件东西的价格虽然由卖方决定，但也不能脱离市场标准，否则有价无市。以前每次要求加薪时，总喜欢跟上司说："每个人都有一个价。"结果上司给的价，也不会脱离市场价格。

价是主观的。有人花六千元喝一瓶红酒，旁人觉得不值得，他自己觉得物有所值，甚至超值，因为他觉得很开心，精神的满足怎能用价钱来衡量？

我花了三千元买一条裙子，有人觉得贵，有人觉得便宜。但自己觉得值得，那才是最重要的，不用理会他人。

价无情，值有情。

无价宝，只要有人肯拿出来卖，总有一个价。

有情郎，没有合理价格，只有值与不值。

我为一个男人付出青春，有人觉得浪费，但我觉得太值得了，如果还有青春，仍会继续奉献。然而，这一切不是永恒的，当我认为他不再值得，我会撤退。

有情的人，不论价，只论值。

不要问："我付出了多少？"只要问："他值不值？"

不要看着我换衣服

男孩子问:"我不知道她还爱不爱我?"

怎么会不知道?她还有没有让你看着她换衣服?

在最心爱的男人面前,我们曾经以最温柔的动作换衣服。

从浴室洗完澡出来,我们用毛巾把身体抹干,坦荡荡地在他面前穿上白色的胸罩、性感的内裤,然后套上毛衣,穿上裤子。因为他在看,我们总是以最妙曼的姿态穿衣服,仿佛自己一个人的时候也是这样的。

要换过一件衣服和他一起出去。我们也是毫不羞怯地脱下衣服和裤子,再穿上一袭裙子,然后问他:"这样好看吗?"也许,再让他抱我一下,赞美一下我的身材。

我们之间,没有什么需要隐藏起来。

一天,我开始不爱他了。虽然房子那么狭小,我还是宁愿躲在衣柜里面换衣服。

当我确定我已经不爱他了,我宁愿拿着衣服走进浴室,关起门来换衣服,也不让他看到我脱得精光。从浴室出来,看到他沮丧的神情,我还是坚持自己做得对。不错,他以前都看过了,但是,当爱消逝,当我心里没有他,我再也不愿意让他看着我换衣服了。

照顾与"照住"

V时常跟她的男朋友说:"爱,就是照顾。你爱我就要照顾我。"

她所指的照顾是男朋友有责任每个月替她缴付信用卡的卡数,陪她买衣服,并且替她付钱。她喜欢什么,就买给她。她独个儿去旅行,他也要负责她一切开支。

她像个贪得无厌的人,还俏皮地告诉我:"我必须要灌输这种观念给他。"

结果,分手之后,他不再照顾她。她很肉刺地说:"原来要自己找卡数是很心痛的。"

如果照顾是物质上的照顾,一旦失去,顶多是肉刺而已。

只有当照顾是感情上、心灵上、人生路上的照顾,失去的时候,才会觉得可惜。

一个跟你来往不久就愿意替你找卡数的男人,心中也有一个数。他会在你身上取回,他会计较你值不值这笔数。

只有用爱来照顾一个人的时候,我们才会毫不计较,还深恐自己照顾他照顾得不够好。

只能够被男人用钱去照顾的女人,是最贫穷的女人。

我们富足,乃因为被爱。

照顾不是施舍,不是从荷包拿钱出来那么轻易。照顾必须付出努力,我爱那个我为他努力的人,而我爱的人,我会为他努力。

只付钱那种,不是照顾,是"照住"。

提早离场

F诉苦,说他女朋友最近很情绪化,时常发怒。她发怒的理由根本不是理由。她突然说要吃烧乳鸽,他陪她去吃,乳鸽来了,她却突然凶巴巴地骂他为什么对她千依百顺。下车时,他不小心踏着她的鞋跟,她又向他发怒。

F说:"我们之间不知道发生了什么问题。"

没有发生问题,有问题的是他女朋友。

一个女人突然变得那么愤怒,问题并不是出在她的男朋友身上,而是出在她自己身上,那就是——她不爱他了。

她不爱他,所以她肆无忌惮地向他发脾气。

女人发脾气有很多原因,有时候,她想得到注意;有时候,她想得到认同;有时候,她遇上生理周期。如果她不停地发脾气,不停地找茬子,那么只有一个原因——她想把他甩掉,但是她还想不到怎样把他甩掉。

当一个女人把所有怒气发泄在一个男人身上时,她必然也在另一个时刻,另一个地方,把所有温柔,放在一个男人身上。

女人经常无缘无故地发怒,是内疚,是逃避,也是困扰,是分手的信号,男人如果稍微有点自尊心,应该提早离场。

没资格结婚

一天,一个男人跟我说:"你还没资格讨论婚姻。"

他是婚姻失败者,既然是失败者,又有什么资格说我没资格?

有人说,成功的婚姻,是其中一方愿意长期做说谎者。

那么,失败的婚姻也许是任何一方都不愿意再说谎。

她坦白告诉他:"我有第三者。"

他也坦白告诉她:"我对你再没有感觉。"

婚姻只有两种——美满和不美满。

美满的婚姻是两个人日渐明白,即使换了一个配偶,结局也是一样,所以他们宁愿保持现状,反正人老了,也只是需要一个伴侣罢了。

不美满的婚姻是两个本来相爱的人日渐讨厌对方。

你竟然能够在共处十五年之后对他说:"我从没爱过你。"

你能够在分手时,一分钱也不给她,并且躲在办公室避而不见,任由她在外面呼天抢地,还吩咐秘书把她赶走。

你能够跟她说:"我的律师会跟你的律师说。"

我们最恼恨的往往是自己的亲人,不是父母兄弟姊妹,便是配偶。

你离开你恼恨的人,与你喜欢的人结合,然后你终于醒悟,你会日渐恼恨任何一个与你结合的人,如同他们日渐恼恨你一样。

我们有什么资格结婚呢?

到底有还无

一个人到底是有情还是无情,也是很难下定论的。

一个女人离开丈夫,抛下孩子,去跟另一个她爱的男人生活,她是无情还是有情?她若无情,便不会为另一个男人舍弃婚姻;她若有情,也就不会抛夫弃子。

一个男人在结婚前另结新欢,他离开一起生活多年的女朋友,跟一个认识才七个月的女孩子相爱。他是有情还是无情?他若有情,怎会变心?他若无情,怎会那么傻,为一个女孩子如此沉迷?

背叛和被背叛的时候,我们不知道对方或自己到底是有情还是无情。你说他无情,另一个人觉得他有情。你说他有情,对受害人来说,这仿佛是说不通的。男人为第三者离婚,他的妻子饱受伤害,有人问第三者:"你喜欢他哪一点?"她会由衷地说:"他是一个有情有义的男人。"这样一个男人,是否还能够说是有情有义?起码他的妻子绝对不会同意。

有情又怎会残忍?无情又怎会动情?

也许,无情的最高境界正是有情,若非有情,无法做出无情的事。有情的最高境界正是无情,只有对一个人无情,你才会背弃他,爱上另一个人。到底是有还是无?

我不想像你这样

过了适婚年龄而又单身的女人,最怕被人追问什么时候结婚。

至亲和好朋友的追问,是出于关心。他们认为女人始终要有个归宿。他们担心你的幸福。至于那些无关紧要的人的追问,却是很讨厌的。

有些亲戚,你两三年才见她一次,你根本搞不清她是伯公的谊妹还是八姑母的外甥女。她们早已嫁人了,婚后不工作,生了孩子之后又不减肥,嗜好是看电视连续剧和报章娱乐新闻,常常担心丈夫变心。她们看到你,总是喜欢在你父母面前问你:

"哎,你什么时候请我吃嫁女饼啊?"

不结婚有罪吗?

这些无关紧要的人,还包括一些普通朋友和普通同事。她们在办公室里一般都没有什么贡献,准时上班下班,不肯加班。她们最爱谈论的话题是丈夫、子女、电视剧内容、娱乐新闻和人家的私生活,要不就相约打麻将和开派对。到了圣诞节和除夕这些日子,她们会很怜惜地问你:

"你为什么还不结婚?"

你真的想知道理由吗?我告诉你吧,因为我不想像你这样过一生。

情话转播站

大部分人喜欢直接跟对方说情话，有些人却喜欢透过对方的传呼台传话。

直接对话令人脸红，传呼台顺理成章成为情话转播站，但传呼员是否能够胜任情话传达员，那是令人怀疑的。愈来愈多的传呼员是带有乡音的，不带乡音的，也可以将一句原本很有感情的话说成毫无感情。一句情话落在他们手上，只怕感染力会大减。

痴男怨女有话说不出口，非要依靠传呼台不可，那么在留口信时最好注明传达该句话时的语气，譬如"告诉机主我爱她"，这句"我爱你"，可以温柔，可以痴缠，可以怨气，想达到目的，最好请求传呼员以你要求的语气读出。

"告诉机主我很挂念他"，如果由一位鹅公喉的女传呼员传达，效果肯定大打折扣，注明要用温柔的语气说出，又怕传呼员办不到的话，最万无一失的方法便是将整句句子改为"告诉机主我很挂念他，很挂念他，很挂念他"，要求重复三次或以上，即使传话的人毫无感情，接到信息的人仍是很感动的。若口信是"对不起"，也适宜重复三次或以上。

万一要留下的口信是："如果他不立即来见我，我就死给他看。"

为慎重起见，应该要传呼员向你重复一次，并要求对方回复。

第三章
你就相信吧

幻想是美丽的,然而,有些幻想却是累人的。情人之间,总是无法客观,有时是自欺,有时是欺人。谁不想渴望怀抱美丽的幻想度过共同生活的日子?只是,到了最后,我们才发现,不是欺人,便是自欺。

过客

有一次，我问一女孩子："你是不是跟×××一起？"

她冷笑一声："他不算数，他不过是过客而已。"

她曾经和这个男人出双入对，一起去旅行，不过是几个月前的事罢了。她竟说他是个过客。

有很多事情我们都想不算数，但是，一个曾经跟你上过床的男人，无论如何不能不算数吧？

想不算数，可能是他太差劲了，实在不想承认他，又不想承认自己糊涂，不如说他是个过客。过客比较浪漫一点，人在世上就是过客。

一个女人的生命里，有一个过客，并不为过。

男人并不介意做过客，他只是偶然停留在一个女人生命里的某一个时刻，得享温柔，然后不需要负任何责任。这种过客，谁不愿意做？

另一种过客比较苍凉，他爱着一个女人，想停留在她的生命里，女人却只让他做过客。男主人出现了，过客便要离开。

女人最好不要有太多过客，过客太多，自己岂不是变成客栈？

不速之客则无妨，有不速之客，证明你有魅力。

永远也不要回头

许多女孩子都遇过这种情形——她本来已经有一个要好的男朋友，后来，她结识了另外一个男人，她瞒着男朋友跟他来往，一脚踏两船。这件事给男朋友发现了，他像疯了似的，哀求她回到他身边，他不惜一切讨好她，他在她面前哭，在她家楼下通宵达旦等她，他去找情敌晦气，他重新追求她，并答应改过，又许下许多承诺，譬如"我们结婚"之类。女人最后被感动了，回到他身边。刚回到他身边时，两人感情比以前更好，他对她千依百顺，然而，过了一段日子之后，这个男人又变得跟从前一样。

女人埋怨男人总是在危机出现时才会紧张她。可知道男人所受的训练正是负责处理危机？没有危机，男人就没有生存的意义。

男人把女朋友从第三者手上抢回来，是打了一场胜仗，出了一口气。仗已经打完，高潮已过，他意兴阑珊，并且开始埋怨，挑起这场战争的是女人，首先不忠的是这个女人，他不会再相信她。

假使她在这次风波之后比以前更爱他，他便会更看不起她。万一她再有第三者，他又会重复上次的行径，然后又故态复萌。

有过第三者的女人，永远不要回头，你一回头，身价就大跌了。有勇气离开一个门口，也要有不回头的勇气。

突然愿意结婚

假使一个一直不肯跟你结婚的男人突然愿意跟你结婚，不要高兴得太早，他只是失意而已。

如果他一直也不肯娶你，而且一直也有别的女人，只是你对他死心塌地。那他为什么突然肯娶你？那就是他什么都没有，只剩下你了。

男人得意的时候，女人无数，他从不垂顾默默守在他身边的女人。她既然对他一往情深，当然不会走，即使男人明言："我是不会结婚的。"女人也是不会走的。

那时候，男人只是把这个女人当做他的附属品，他一点也不害怕失去她。他愈风光，这个女人的地位就愈不重要。得意的男人是不需要婚姻的。

当他失意了，没有朋友，仰慕他的女人的质素愈来愈差劲，数量也愈来愈少，男人对于自己的将来愈来愈悲观，这个时候，本来只是他附属品的女人突然变成了他最大的财产，如果连她也走了，男人便一无所有。于是，他毅然提出结婚，把这个女人纳入他的生命里，好使来日岁月不那么黯淡。男人只有在失意时才会发觉婚姻是有意义的。

男人第一次愿意结婚是因为无知，第二次愿意结婚是因为失意。

没有回报的等待

女人想结婚的时候,男人不想,他说:
"你等我吧。"
女人一等就是十年。十年漫长的等待岁月里,她突然领悟到爱情并不是她生命的全部,既然她可以等十年,那就证明她不一定需要结婚。
突然有一天,男人跟女人说:
"我们结婚吧。"
女人不想结婚,她刚好开始她的事业。
女人说:"你等我吧。"
男人问:"要等多久?"
女人说:"不知道,大概五年。"
男人说:"五年太久了。"
女人很失望,她曾经等他十年,她现在叫他等五年,是十年的一半,他竟然埋怨太久了。
女人说:"我可以等你,你为什么不可以等我?"
女人可知道,在爱情里面,所谓时间,所谓等待,所谓青春,是没有平等的。你花了十年青春,不可以要求对方还你十年青春。你等他十年,不能要求他等你十年,因为这两个十年不是同时发生。男人三十岁时,要你等十年,他四十岁时,再等你五年,他四十五了,不能再等。

等待的时候,不要期望有回报。

你会为我死吗？

富家女爱上浪子、大学女生爱上流氓、淑女爱上坏蛋，这些故事桥段经常在电影里出现，结局通常是其中一方死在另一方的怀抱里，血流披面，可歌可泣。

现实里，大家也同样很现实，爱上浪子和流氓的淑女并不多。女人看到这样的电影，会一笑置之，这些看似浪漫的故事，根本毫不浪漫。

正如男人看完了《风月俏佳人》，也不会相信现实里，一个像李察基尔那样的年轻富商会娶一个流莺。

浪子、流氓、坏蛋，不过是女人幻想中的情人。他们经常成为电影里的男主角，并不是因为他们身分或所作所为浪漫，而是女人相信，这一种情人，会为她死。

一个含着银匙出生，从来没挨过苦的富家子，很难令女人相信，在生死存亡的时刻，他会用自己的生命换她的生命，会为她死。

然而，一个浪子、一个坏蛋、一个流氓，却可能有这份深情，反正，这一种人，没有什么可以失去。

每个女人都希望自己的男人会为她死，然而，当我们连问对方"你爱不爱我？"也没有勇气时，我们又有什么勇气问他：

"你会为我死吗？"

我们只是追寻一个看似会为我们死的人，然后祈求一辈子也不要遇到这种考验。

螺丝钉的承诺

女孩子把她们拥有的最甜蜜的承诺告诉我,不外是他说"我永永远远不会离开你"、"我永远不会放弃你"、"我一定会跟你结婚"、"我会永远爱你"。

耳熟能详的承诺,虽然真挚,却不免令人失望。

男人到底有没有新鲜一点、精彩一点的承诺?

男人抱怨:"已经承诺永远,那还不够吗?你太贪心了。"

什么都说永远,男人,你不觉得这是陈腔滥调吗?

我只需要你承诺一件微细的事。譬如,你答应,每天会吻我一下,即使那天我们狠狠地吵了一场,错的是我,你恨透了我,但仍然遵守承诺,吻我一下,不怀恨到明天。

你也可以承诺,每年拿出一天,任我摆布,所有时间都是属于我的。

也许,你可以承诺,此后你单独到世界任何一个地方,下机时,也会向天空叫我的名字,然后说:"我想念你。"

你更可以承诺,以后每天下班,也带一块糖回来给我吃,如果将来我们有了孩子,就是两块,他一块,我一块。

不要说永永远远,这倒吓怕了我,我不要山盟海誓,我要的,不过是你给的无数颗螺丝钉,每隔一段时间,就可以拿出来旋紧我们的爱。

街头冷战

我们都在街上看过别人冷战。

男人无可奈何地眼望前方,女人低着头一言不发,两个人就这样对峙了半小时。

或者是男人沉默不语,女人哭得双眼通红,不停问男人:"为什么?""为什么?"男人尴尬地站着。

或者是一男一女拉拉扯扯。男人拉着女人的衣袖说:"走吧!"女人甩开他的手说:"要走你自己走。"男人走也不是,不走也不是。

挑起街头冷战的,通常是女人。男人爱面子,宁愿关起门来打个你死我活,女人情绪激动的时候,才理不得别人的目光。

身为途人,基于好奇心,我们看到街头冷战,都会忍不住停步观战。所谓观战,当然是先望两眼,装作不关心,然后站在附近,斜着眼睛,竖起耳朵偷听。

冷战中的男女,既然选择在街头开战,早就不要面子了,才不介意你盯着他。大家素昧平生,给你看到了,又有什么关系?

这些在街头上演的故事,我们不知看过多少遍,只是想不到有一天,主角竟是自己。你曾是观战的一名途人,今天变成冷战的主角,想起来真是讽刺,你终于也有这一天了。

不如，我们不要再吵架

每次跟情人吵架之后，总是离不开冷战，闹分手。然后，因为舍不得，又再走在一起。和好如初之后，女孩子爱跟男朋友协议："不如，我们以后不要再吵架了，好吗？"

吵架并不难受，最难受是吵架之后的思念，很害怕他不会再回来了，早知道那么难受，便不跟他吵架。

男人听到女人这样说，总会点头答应。可是，过了不久，这两个人又吵架了。

女人忘了上一次是她提出以后不要再吵架的，这一次，她首先挑起战争。

吵架之后，女人痛哭，说："不如，我们分手吧。"

她不说"我们分手吧"，而说"不如，我们分手吧"。那就证明她并不想分手，她只是说说而已，所以加上"不如"这两个字。

这一次，当然没有分手。经过几天冷战之后，他们又和好如初，女人梨花带雨地要求男人："不如，我们以后不要吵架，好吗？"

男人又再答应，因为男人通常不喜欢吵架，也不主动吵架，他们擅长令女人忍无可忍，要跟他吵架。

虽然如此，不久之后，他们又吵架了。吵架之后，女人哀求男人："不如，我们不要吵架，好不好？"

大家都知道，那是不可能的。

吵架原来是一种休息，是一段感情的休息，让大家静下来，然后发现，我还是不能没有他，不如……

冷战必须结束

你决定结束一段冷战，是因为你知道是自己的错，你思念他，还是你害怕他会在这段日子结识另一个异性？

冷战开始的时候，我们先是悲观地想："完了，他不会再找我了。"他果然没有出现，我们的悲观变成愤怒，心里开始骂他："哼，还不打电话来找我？"一天一天过去，他竟然还不投降，我们的自信心开始动摇了，如果他肯打电话来，我立刻就原谅他。可是，他一点妥协的意思都没有，好像去度假了一样，音信全无。这时，我们开始担心，会不会就在冷战期间，他认识了另一个女孩子，那个女人乘虚而入？冷战结果变成分手。

真是愈想愈可怕，我们只是想骂他，而不是想骂走他。那么多年了，如果大家冷战几天或一个月，他就爱上另一个人，那么他根本不是人。然而，谁能够抹杀这个可能？

也许，一次又一次的冷战，让他发现，他和我根本是无法相处的，再纠缠下去，大家都痛苦。就在他失意，一个人去饮闷酒的时候，他竟然认识了一个漂亮的女人——

呜呜，太可怕了，所以，当他终于打电话来，我们口里虽然说："哼，舍得打电话来了吗？"心里其实是开心得卜卜跳的。

原来，结束一段冷战的，正是女人的危机感。

不如重新结束

有人说,好的开始是成功的一半,然而,爱情应该是例外的吧?

开始时总是好的,如果不好,怎么会开始?但是好的开始绝不代表成功。

我们的问题是,我们懂得开始,却不懂得怎样结束。

男人很懂得跟一个女人开始一段关系,他说不定有十种方式来跟女人开始,可是,他却不懂得怎样去结束一段关系。

男人是不懂得结束的。

男人会苦恼地请教朋友:"我应该怎样跟她说分手呢?"

到头来,他只有婆婆妈妈地拖下去,然后由女人决断地结束这段关系。

开始并不困难,最困难是结束的时候。

大家关系破裂,要结束也比较容易。可是,大家根本还很喜欢对方,只是环境不容许继续相爱,这个时候,怎样结束?

从此不见面,心痒难耐。

以后做朋友算了,然而,已经到了那个地步,回头怎么做朋友?

由谁去结束这段关系,是不是由两个人之中较狠心的一个出手?这个时候,大家宁愿从来没有开始。

说什么不如重新开始,都是自欺欺人,无法再继续的感情,永远不能重新开始。

我们要学习的,不是怎样开始,而是怎样结束。结束得好,才可以留下美丽回忆。

上一次,我们结束得太差劲了,不如我们重新结束。

最阴毒的陷害

陷害一个男人，最阴毒的方法，是破坏他的信誉。散播谣言，说他这个人数目不清楚，常常向人借钱，借了钱又不肯还。那么，男人遇见他，都避之则吉，女人都瞧不起他。

有些女人，以为说一个男人好色、荒淫，足以破坏他的声誉，都错了。好色的男人，同性绝不会鄙视他，他们认为男人好色很平常，更羡慕他荒淫。若说他见异思迁，无情无义，同性也不会排挤他，因为这与他们的切身利益无关。

至于阴险、冷漠、不近人情、不择手段这些品性，更不足以破坏一个男人的声誉，因为同性可能认为他是枭雄，女性也许会崇拜他。

说他花女人钱，也未必能诋毁他，有些男人，可能会羡慕他，最毒的陷害就是说他数目不清楚。

如果痛恨一个离开你的男人，认为说他数目不清楚不够阴毒的话，倒不如说他性无能。那么，同性会嘲笑他，女性避之则吉。

若要陷害一个女人，最阴毒的方法，是破坏她的名节。只要对人说，她是一个很滥交的女人，那么，她便不要指望找到一个好男人，同性也排挤她，害怕她勾引她们的男人。

如果认为破坏她的名节太缺德，还有一个阴毒的方法，便是将一个平凡的女人说成美丽不可方物，令她艳名远播，大家都想一睹她的风采。

结果，男人失望，女人失笑："这也叫做美女？"

为了别人的信任

你曾否为了别人的信任而变得坚强和勇敢?

你本来意志薄弱,感情用事,你本来就觉得背着他和另一个人相爱,虽然不对,却是你无法自控的。你自己也不相信自己,你战战兢兢地告诉他:

"我今天不能陪你吃晚饭,我跟旧同学见面。"

你在说谎,他却一点也不怀疑你,你忽尔觉得内疚,如果你出卖了他对你的信任,你是一个多么可恶的人!

于是,你虽然跟另一个人单独见面,心里却惦念着他,他在你心里一角,好像变成了你的良知。

你虽然感情用事,但是他的信任却使你知道,自己长大了,你有资格被信任,也就有义务去守诺言。

你是个心软的人,不懂得拒绝别人,然而,因为他那样信任你,你知道你是被爱着的,你变得坚强,懂得拒绝。

许多人在惊悉第三者的时候都会抱怨:"我一直也很信任他。"但她们也知道问题不是因为她信任对方,所以他背叛她,那根本是命运。

到头来,唯一能令对方死心塌地的,也只有信任。

我没嫌弃你

不要随便说："我没嫌弃你。"

愈是这样说，对方愈觉得你嫌弃他。

如果你脑海里没出现过"嫌弃"这两个字，你根本不会这样说，对吗？

K说，男朋友要离开她了。自从她考上大学，而他没考上之后，他就变得很自暴自弃，老是觉得自己配不上她。她不断安慰他，鼓励他到外国升学，她拿了一大叠升学资料给他，他一点也不领情，而且愈来愈疏远她。

她信誓旦旦地告诉他："我没嫌弃你。"

她以为已经表明心迹，可是他却愈叫愈跑。

如果我是这个男人，我也会跑掉。

得意的时候，男人需要的是崇拜。失意的时候，男人需要的，仍然是崇拜，而不是怜悯。崇拜就是最好的鼓励。你不必真的崇拜他，但是绝对不能让他觉得你有一点儿嫌弃他。

K说："我没嫌弃你。"不如说："我永远崇拜你。"反正目的都是想他振作起来，好比跟一个人说："你没用。"不如跟他说："你还没发挥你的潜质。"这样说不定会有奇迹出现。

不论男人女人，没有一个人会希望在自己一生听到别人的一句："我没嫌弃你。"

当女朋友约了旧男朋友

一个男生来信提出一个很有趣的问题。他想知道,当自己的女朋友要跟旧男朋友见面,男人应该怎样面对?应该小器还是应该大方?

他正为这件事烦恼。他女朋友要去跟旧男朋友见面,他知道了,心里有点不高兴,女朋友看到他不高兴的样子,就说:

"你是不是对我没信心?"

下一次,当他表现得很大方,毫不在乎的时候,她又撅起嘴巴说:

"为什么你一点也不在乎?你是不是不再爱我?"

他很头痛,不知道女人心里想些什么,她想他在乎还是不在乎?

如果她还爱着以前的男朋友,她绝对不会告诉你她约了他见面。她不爱他,她在乎的是你的反应。你不想她见他,她心里其实是很高兴的,但她一定要去,所以只好安抚你说:"你对我没有信心吗?"女人有时候喜欢把男人当成一个小孩子。

如果你表现得很大方,由得她去,她难免觉得失落,她是那么有吸引力的女人,你竟然放心她跟旧男朋友见面,你是不是不再紧张她?男人面对这个头痛的问题,我唯一可以做的,是先小器,后大方。她说要去见旧男朋友,你先是表现小器,然后大方让她去,跟她说:"我不是信任他,而是信任你。"这样,她便不会再怀疑自己的吸引力,可以高兴地去,而且心里还是想着你。

填补别人空档的你

有一些人，会有人愿意空出一天甚至一辈子来等他，苦苦守候，不惜浪费光阴。

另一些人，却只能被人用来填补空档时间。他不是她的首选，她喜欢的另有其人，但是，那个男人不常找她，于是，眼前这个常常缠着她，一往情深的男人，正好用来填补她的空档时间。

她约了朋友看演唱会，还有两小时才开场，就找他来陪她逛逛街。她心仪的男人约了她今晚见面，现在还有三小时空档，最好就是找那个一定愿意立刻出来的男人填补这段空档，时间一到，就打发他回去。这个男人约了她看电影，她原本答应了，但那个她喜欢的男人突然打电话来约她出去，于是，她立刻推了这个男人的约会，去填补别人的空档。

你们都填补过别人的空档时间吧？起初是心甘情愿，后来有点不甘心，可是，只要一接到对方的电话，还是会飞快地赶去填补空档，尽量逢迎对方。他在她面前，绝对不敢说"你以为我是专门替你填补空档的吗？"这类说话，只敢默默接受，直到心灰意冷，或者直到她连找他填补空档时间都不想。但是，请不要难过，路上行人匆匆，也许其中很多都是赶着去填补别人的空档的。

你就相信吧

一个二十岁的女孩子爱上一个比她大十八年，离过婚，有两个孩子的男人。他曾说自己深深地爱着她，更要求她跟他住。可是，四个月后，他提出分手。他说她太年轻了，并不适合他。他现在回到旧女朋友的身边。

分手的时候，他说自己绝对不会消失，当她失意的时候，他一定会在她身边。然而，她昨天收到他的电邮，他说大家还是不要再联络好了。

她很伤心，所有她的朋友都跟她说这个男人是玩弄她，他根本不爱她。但她说，她肯定他是爱过她的。她从他看她的眼神里感觉到他的爱。难道她不应该相信自己的感觉吗？

既然如此，你就相信吧。

他有没有爱过你，对你的朋友一点都不重要，对你却很重要。那你为什么不相信自己？相信自己被爱过，总比相信自己被人玩弄感情好。

哪一样比较快乐，你就相信吧。

这段爱情是你的，只有你有权去说这是真爱还是假爱。你有权怀抱甜蜜的回忆坚持他爱过你，只是他爱得太短暂罢了。

今天，你尽管相信吧。当你再大一点，也许你会开始怀疑他曾否真心爱过你，但这有什么关系呢？也许，那时你已经不爱他了。

怎见得你爱我？

女人问男人："怎见得你爱我？怎见得你对我好？"

男人说："有事发生的时候，你会知道我对你好。"

什么？要等到有事发生才知道你对我好？

那么平时又怎样？类似电影《泰坦尼克号》的故事发生在我们身上的机率有多少？又有多少对男女会经历生关死劫？

也许，女人这一辈子也没机会知道男人有多爱她。男人纵使多么爱一个女人，假使她一辈子也很平安，他就没有机会表达。

每次听到男人说"有事发生的时候，你会知道我对你好"这句话时，我总有点遗憾。为什么一定要等到有事发生？男人观察一个女人是否可以跟他同甘共苦，也不是等自己有困难才知道的。

等到有事发生，已经太迟了。男人平时就该对女人好，让她觉得他很爱她，让她觉得幸福。暂且不要说将来，现在对我不好，将来怎样好也是没用的。也许你这辈子也没机会用身体为我挡住一辆冲过来的汽车，也许你一辈子也没机会用你毕生积蓄把我从绑匪手上赎回来，我更不愿意我遭逢不幸而你不离不弃。

你平时就该对我好。有事发生的时候，你要对我更好。

接吻的处境

曾经问一些有近视的朋友,两个戴眼镜的人是怎样接吻的。他们说:

"其中一个要把眼镜除下来。"

原来如此。

假如男人长得特别高,而女朋友长得特别娇小,他们是怎样接吻的?有人说:"男人可以弯腰吻女朋友。"也有人说:"男人可以把女朋友抱起来,然后才接吻。"为什么没有人说他们可以坐着接吻或者躺下来接吻呢?

假如一个嘴巴很大,另一个的嘴巴很小,他们应该怎样接吻?有人好奇:"他们接吻时会不会流口水?"这个我不知道。大嘴巴可以把对方的小嘴巴包裹住,那不就可以接吻了吗?当然,那个大嘴巴最好是属于男人的。

两个人在不同的地方,怎样可以接吻?透过一条电话线,不就可以接吻了吗?不过,隔空传吻这种事,用自己的电话来做比较卫生。请尽量不要使用公共电话接吻。

然而,最多人关心的原来是以下这个处境——大家激烈接吻的时候,他的一口唾液流进你的口腔里,你要若无其事的吞下去还是怎样?吞下去好像很不卫生,拒绝吞下去又会伤害他自尊心。这千分之一秒之间,应该怎样做,原来是千古艰难的一个问题。

没有我你闷不闷

如果没有我,以后再没有人问你:"你去了哪里?"也许你会觉得闷。

再没有人唠叨你,你会不习惯的。

再没有人向你发脾气,你会觉得生活太平淡。

再没有人向你撒娇,你可能会觉得欠缺了一些什么。

再没有人在你面前哭,你会觉得自己不重要。

再没有人骂你乱花钱,你会觉得偷偷花钱去买东西时不够刺激。

再没有人跳到你身上说:"吻我!"你会失去活力。

再没有人问你:"你会不会跟我结婚?"你会觉得生活太正常。

再没有人跟你争浴室,你会不够痛快。

再没有人要你记着她的生日,你会觉得浪费了你良好的记忆力。

再没有人吩咐你:"下班后来公司接我。"以后每天下班,你会不知道可以去哪里。

再没有人要你听她说心事,你会有点失落。

再没有人在家里等你,你会觉得家像酒店。

没有我你闷不闷?一定会闷坏你。所以,你要对我好一点。

昨天晚上找不到他

最讨厌午夜十二点钟就把电话关掉的男人。

某天夜里,你忽然想念他,很想告诉他你喜欢他,你鼓起勇气拨通他的电话号码,谁知道电话那一头传来他的留言说:

"我现在不能接这通电话,请你留下姓名。"

有什么比寂寞时只能听到他的留言更讨厌?

有些时候,他并没有关掉手提电话,而是把电话转驳到传呼台。那个晚上,你好想听听他的声音,谁知道电话接通,却是一把刻板的声音问:

"哪一位找机主?"

要不要传呼他呢?你的心已经冷了半截,你失望地跟传呼员说:"没事了。"

既然把手提电话转驳到传呼台,那么要手提电话来干什么?真讨厌。

那个深夜,你好想向他哭,你几经挣扎,拨通了他的电话号码,接电话的却是一台电话录音机,你说:"是我……"然后沮丧地挂了线。

第二天碰到他,他问:"你昨天是不是找过我?找我有什么事?"

"噢,没什么,只是一些不重要的事情罢了。"你只好这样回答。

三十一岁和二十三岁

一个三十一岁的女人跟一个二十三岁的男人相恋五个月,她不介意自己年纪比他大,却担心他会介意。她对这段情没有多大信心,她认为虽然他口里说不介意,他最终还是介意的。

事实上,当女人的年纪比男人大,介意的往往是女人。男人不太介意女朋友比自己大,女人却常常担心男朋友会嫌弃她。男人爱一个女人,是爱她的现在。他看不到也不会想像她老的那一天。女人爱一个男人,是爱他的将来。她把自己的将来投资在他的将来。她爱一个男人的时候,总会想到自己有一天会老。当她老了,这个男人还会爱她吗?

她的年纪比他大,那就是说,她比他老得快。那时候,他会嫌弃她老吗?既然将来那么没保障,她宁愿要一个比她老的男人。至少,当她老了,他也会老,而且永远比她老。

年龄是女人最放不下的包袱。她说她怕男人介意,其实,最介意的是她自己;否则,她为什么会担心他介意?

男人爱你的时候,他妈妈或者会介意你的年纪,他却不会。当他不爱你,当他爱上一个比他年轻的女人,他才会开始有点介意你年纪比他大。他会带着遗憾跟他的新欢说:"她的年纪比我大一点。"这个变心的借口多么感人肺腑?

再过一万年之后

对于死缠烂打，无论如何也不肯死心的追求者，你唯有老实的告诉他：

"再过一万年之后，我还是不会爱上你。"

好了吧？死心了吧！是你逼我说出这么残忍的话的。

假使对方还是说："不，你再考虑一下吧。"那么，你只好说："对，我收回刚才的说话。我想说，再过一百万年之后，我还是不会爱上你。"

我不可以阻止你爱我，但是我告诉你，你的爱只会石沉大海。

有些事情是不可以勉强的。你爱一个人，他不爱你，不代表你不可爱，不代表你不好，只能代表他不爱你而已。恋爱是双程路，单恋也该有一条底线，到了底线，就是退出的时候。这条路行不通，你该想想另一条路，而不是在路口徘徊。这里不留人，自有留人处。你怎么知道自己不会遇上更好的？

不用等到一万年，也许，一年之后，你已经找到一个更好的了。有些人是你一辈子也不会爱上的，也有些人是一辈子也不会爱上你的。有人不爱你，这很正常，难道所有人都爱你吗？他不爱你，再过一万年之后也不爱你，你为什么还要为他痴迷，为他流泪？醒醒吧。

星期五晚的月光

对单身的上班族来说，星期五这一天是最难熬的。

早上回到办公室，其他同事都打扮得漂漂亮亮准备晚上出去玩。有男朋友或者女朋友的，到了中午，已经忙着打电话订吃饭或者确定今晚的约会时间。已婚的，也要跟另一半找节目。人缘好的，已经约好了一大票朋友开派对。剩下来的，只有那些没人约的人。

不想一个人过一个周五晚上，但又不好意思主动约会别人的，唯有坐在办公室里干着急。到了下午约莫四点五十分的时候，办公室里大部分人都已经有着落。到了这个地步，没人约会的人只好急忙翻开记事簿看看可以找哪些朋友出来吃饭。可惜，拨了几通电话，那些朋友都已经约了人，连长得最丑的那个也跟人有约会。

五点钟，办公室的人都走了。你对着那部电话等一个朋友回电话给你。六点十五分，他的电话终于打来了，他不在香港！最后一线希望也幻灭了。

已经七点钟了，现在才找朋友出来，人家会不会觉得你太没诚意？你以为人家像你一样没人约的吗？你对某某有点好感，但是星期五晚上七点钟才约人出来，太过分了吧？你对某某没意思，星期五晚上又太敏感，不能约他。

七点三十分，你只好拖着寂寞的身影回家吃即食面。为什么星期五晚的月光总是特别凄凉？

没有你，我也可以过日子

当你一个人在家里很写意地看书、听音乐或是吃东西时，你忽然发觉，其实你一个人也可以过日子，何必要为爱情烦恼？

是的，一个人也可以过日子。只是，一个人过日子过得太久了，你又会希望过一些两个人的日子。

女孩子说，她跟一起三年的男朋友吵架，大家冷战了两个星期，她首先按捺不住打电话给他，问他：

"你为什么不找我？"

他很坦白地告诉她，这两个星期他过得很写意。他甚至觉得，没有她，他也可以生活。

她很伤心。现在，他们仍然像吵架前一样，过着情侣的生活，但她很介意知道，没有她，他也可以一个人过日子。

没有了谁，我们也可以过日子。问题是，这些日子是否过得幸福。

即使你很爱一个人，你也需要喘息，也想找一两天独个儿过日子。唯一的分别是，你爱这个人的话，你不会坦白地告诉他，没有他，你也可以过日子。你会向他撒谎，告诉他，没有他，日子不知怎么过。

对付这种爱说自己可以一个人过日子的男人，最好就是让他知道，你比他更可以一个人过日子。

到了夏天我就离开

今年初春的时候,他女朋友跟他说:

"到了夏天我就会离开你。"

那个时候,他以为她只是随便说说。假如她真的要离开,没有任何理由要等到夏天。

到了夏天,她真的一声不响走了。

他四处打听她的下落。后来,她的朋友把一封信交给他。她在信上说:

"我不是说过到了夏天就会离开的吗?"

她去了一个很遥远的地方。从今以后,她不打算再见他。她已经给他太多机会了。

她走了,他才知道她说夏天要走,是当真的。他们一起三年了。她很爱他,但是他有两次不忠的记录。虽然他最后还是回到她身边,她却不知道他什么时候又有下一次。他们常常为了这些事吵架。每一次吵架之后,感情又好像好了一点。他以为她只是闹情绪,他以为她舍不得他,绝对不会离开。现在他知道,女人是有一条底线的。

她每次都原谅他,因为他还没把她逼到底线。女人不会告诉男人那条底线在哪里。那条底线可能是——他又向她撒谎,他这天晚上又不回家,他给她的吻是敷衍的,大家又再吵架,大家已经懒得再吵架。

她给他很多机会,但是到了她设定的底线,她就绝望了,不再留恋。选择夏天,因为他们在夏天相遇。

忽然一走

许多人选择用电话跟对方说分手,因为无法面对对方。在电话里说两句就一了百了,你把对方当成什么人?

面对面说,是一种责任,也是道德。托朋友说分手的,更要不得,当天为什么不托朋友亲热?然而,近年有更过分的分手方法,就是忽然一走。

话也不留一句,忽然一走了之,音信全无,是最流行的分手方法。

某君的妻子跟丈夫说要到丹麦探亲,结果一去不回,把丈夫和年仅九岁的儿子丢在香港,这两年间只打过两次电话回来,叫丈夫不要找她。

某女士的丈夫突然有一天回家收拾行李,丢下五岁的儿子和太太一走了之,过自己的新生活了。

E小姐跟C君同居四年,一天,C君上班之后,便不再回来,E小姐发现他连行李都拿走了,以为他有什么事,终于找到他,他说:

"我想自己一个人生活。"

不交代,不解释,不吵架,招呼也不打一个,便忽然一走,多么可怕?

现代人连分手的道德都没有了,合则来,不合则忽然一走,是潇洒,还是软弱得无法承担责任?

他不会永远俯伏在你跟前

我们常常犯一个错误,这个错误就是以为自己是无可代替的。

他那么爱我,那么需要我,他一定不会找到一个比我好的。于是,我可以对他高傲一点,可以对他呼之则来,挥之则去。

只要我有一天稍微对他好一点,他便会感动得紧紧地搂着我,为我做很多事情。我叫他向东走,他不敢向西走。不小心走错了东南面,他心里也会怦怦地跳,怕我以后不理他。

他曾经说过,他从来没有这么爱过一个女人,那个人就是我。

他曾经说过,他愿意为我做任何事。

他曾经说过,没有任何一个女人可以代替我。

当时的我,整个人都飘到云端。

没有了我,他的世界将只会黯淡一片。没有了我,他会一天一天地枯萎。

他本来是个很不错的男人,但他如此需要我,我忽然觉得,我比他高了一点。我好像不是太爱他。我可以没有他,甚至可以没有任何人。

我要他永远俯伏在我跟前。

可是,有一天,他竟然不再需要我了。他竟然能够找到一个比我好的。这个时候,我才知道我多么的爱他。

别这样，会让人看到的

你的男人是什么时候不爱你的？

一点一滴的感觉，会累积起来，然后你就醒悟，他好像已经没那么爱你了。

某天，在街上，在百货公司里，在机场或在咖啡室里，你热情地搂着他，好想依偎着他，他会说：

"别这样，会让人看到的。"

你只好端端正正地坐着。

某天，他的车子停在路边。在车厢里，你好想吻他。他会一本正经地说：

"别这样，会让人看到的。"

你把手放在他的大腿上，他会轻轻拿开你的手，说：

"会让人看到的。"

在车厢里，有谁会看到？

"其他车子上的人。"他说。

在你家里，在你的房间里，你好想跟他拥抱，他会说：

"别这样，会让人看到的。"

家里只有你和他，还有谁会看到？

"万一你的家人回来，不是很尴尬吗？"他说。

从前他不是这样的。在大庭广众、在车厢里，他总是很热情地搂着你、吻你。当时说"别这样，会让人看到的"那个人，是你。

在三十岁前把他换掉

有些女人会一直拖着一个她不怎么满意的男人。

他不是不好,却还是有很多地方不好。她有点嫌弃他,有点觉得他配不起自己。可惜,这些年来,除了他之外,竟然没有一个好一点的男人出现。她唯有暂时委屈一下自己。

这个男人对她还是挺不错的。他个性善良,对她千依百顺。她是深深地爱过他的。那个时候,她甚至想过要嫁给他。他虽然有缺点,但是她并不介意。

然而,这些年来,她进步了很多。她在工作上有一点成绩,她的薪水比以前多了,她比以前更会打扮,她的眼界也广阔了很多。她对人生的要求,已经和以前不一样了。她的梦想和以前也有一点分别了。她变得有野心。可惜,她身边的男人却没有多大的进步。

她想要的人,不再是他。

以前,是她爱他多一点。现在,是他爱她多一点。

她想要的东西,他不能给她。

他变成了她的负累。每一次想到这个男人将是和她终老的人,她就觉得很不甘心。她应该得到更好的。

在三十岁之前,她要把他换掉。过了三十岁,只怕没那么容易把他换掉。

他才不会这样对我

女孩子离开相识五年的男朋友，跟一个相识八个月的男孩子一起。

当初决定离开男朋友的时候，她痛苦挣扎了很长的一段时间。最后还是选择了现在的男朋友。可是，十一个月以来，她和他之间出现了很多问题。

当他还是第三者的时候，他对她好得没话说，如今却是另一个样子。她埋怨他跟以前不一样，他却说她对他要求太高了。

放弃一段经年累月的感情而投向另一个男人的怀抱之前，必须要认真地想清楚。

你为他放弃了一段长久的感情，你对他的要求也会相对地提高。他知道你牺牲了一段稳定的感情而和他一起，他也会给自己压力。他不希望自己比不上你以前的男人。

快乐的时候，你也许不会去计较。然而，不开心的时候，你会拿他跟你以前的男朋友比较。

你以前的男朋友是这样的……

如果是你以前的男朋友，就会这样做……

天天在比较，你开始后悔离开了以前的男朋友。有一天，你忍不住跟现在的男朋友说："他才不会这样对我！"

当你说了这句话，你们已经完了。

以青春换明天

　　一个女人爱上一个有妇之夫，那个男人年纪比她大很多，他们一起已经十多年。十多年来，男人在生活上照顾她，她已经失去谋生的能力，也从来没有奢望男人会离婚，大家都习惯了这种相处方式。

　　男人要跟家人移民到美国，叮嘱她尽快办理移民手续到加拿大，那么，男人以后可以从美国跑到加拿大探望她。女人不知道何去何从，不知道自己是否在蹉跎岁月。

　　我只能告诉她，女人的身价和古董刚好相反，愈迟离开这个男人，她愈难找到一个比他好的男人。而她这个男人已经算是有情有义了。有些男人，留下一笔钱便离开；有些男人，留下几句话便离开；有些男人，连话也不留下一句便离开。末世的爱情，说恩义太奢侈。她的男人至少仍然希望跟她一起。

　　这个女人最好的结果，便是一直等下去，直到男人丧妻。

　　最坏的结果，不是他的妻子长命百岁，他们被迫一直偷情，也不是她比他的妻子短命。最坏的结果是她和他的妻子都长命百岁，而男人却最早离开人世。她没有死在男人的怀抱，却要忍受失去他的悲痛和孤寂。

　　一段爱情的重生是要等待一个人的死亡，同时也可能让死亡毁掉一切。以青春换明天的爱情，从来凄怆。

为了脱离某种生活

有些女孩子是为了脱离现在的生活而结婚的。

厌倦了恋爱的生活,不如结婚吧。

想搬出来住,一个人又负担不起租金,不如结婚吧。

事业没有什么发展,现在的生活太平淡,不如结婚吧。

不知道将来还会不会和他一起,那么,不如现在就跟他结婚吧,以后不用再三心两意。

然而,结婚之后,并没有脱离结婚之前的生活。

对方并没有为你而改变,他仍然像婚前一样,甚至糟糕一点。

结婚之后,事业依然没有什么起色。由于已经结婚,更感到自己的竞争力和吸引力比不上那些单身女人。

为了脱离某种生活而结婚,结果却掉进另一种生活里。原来,结婚并不刺激,也没能力把平淡变成精彩。

想改变现状,还是要靠自己,而不是把别人拉下水。

想脱离目前的生活,去读书比去结婚也许更有效。

你改变了自己,你的智慧增长了,看到新天新地,才有机会脱离现状。

想改变,不要去结婚。厌倦了改变,才好去结婚。

哭泣的踏板

女孩子喜欢了一个男孩子,可是,他却喜欢她的好朋友。他常常在电话里谈到她,电话那一头的她,心却在淌血。

她变成了他们两个的中间人,为了约会那个女孩,他需要约会她,三个人常常一起见面。女孩子这样形容自己:

"我觉得他只是把我当做一块踏板,我只能狠狠地被踩着。"

这个形容词,多么的精彩?不是切肤之痛,才不会有这种感觉。是的,她不过是一块踏板,迟些他也许还会过桥抽板。

谁喜欢做人家的踏板?那个人用两只脚踩下来的时候,怎知道那块踏板在哭泣?年少的时候,我们总是不甘心——为什么我们喜欢的男孩子都在自己的好朋友手上?

我的好朋友不错是好,然而,我不是更适合他吗?

我的好朋友是长得比我漂亮,但是,他难道不懂得欣赏我的内涵吗?

我那样专一,我的好朋友却是个花心的女孩子,他为什么看不出来?

我只好委屈地扮演一块踏板的角色,让他踏在上面,去追寻他的爱情。年深日久,我的胸口已给他踩得结了厚茧,快可以表演心口碎大石了。

谁是最后一个？

富商的四太太在大宅里接受访问。提到她的丈夫，她悠然地说：

"他说我会是最后一个。"

豪门少奶谈到她丈夫的情妇时，肯定地说：

"她不会是最后一个。"

女人都想成为男人最后的一个女人。只有成为最后一个，她才可以永远拥有他。她更可以傲然地说：

"我是他最后一个，他最爱是我。"

做男人的第一个女人，一点意思也没有。男人的第一次，也许很笨拙，又不懂得爱。那个时候，他也许还很穷。做他的第一个女人，要和他一起挨穷。当他没那么穷了，他的身边，却换上另一个女人。

第一个女人，通常都是挨穷、挨苦，付出最多，收获又最少的。男人都希望成为女人的第一个男人，我们才不稀罕成为男人的第一个女人。除非这第一个也是最后一个。

女人对情敌最冷酷的嘲笑，就是提醒她：

"你以为你会是最后一个吗？"

你赢了我，但很快便会有一个比你更年轻貌美的女人打败你。

元配的仇，通常是由第四者来为她报的。

谁是最后一个？谁能微笑到最后？不到生命终结的那一天，你也不会知道。

不要你怀念她

你爱的那个男人,心中永远怀念着另一个女人,这种爱是很痛苦的吧?

虽然他爱你,但是,你知道,在他生命中,他最爱的是另一个人。他们已经分手了,也许,她甚至已经不在人世;但是,她始终是最刻骨铭心的。

你永远没法胜过一个死去的人。然而,即使是活着的,你也胜不了。这样的爱,是不完美的。

每个女人都希望成为男人心中最爱的女人。无论他爱过多少个女人,他最爱的始终是你。当你们一起,他不会怀念着另一个人。假如他一生最爱另有其人,我宁愿不爱他。

在这个层次上,爱是自私的。他也不可能接受我最爱的是另一个男人吧?

我们可以接受一个有过去的男人,我们何尝没有过去?然而,当他选择了我,他最爱的人便没理由不是我。

我为什么还要跟另一个女人抢他?

那个女人永远深深地刻在他的回忆里,那我会放弃。这样去爱一个男人,实在太累了。他这样念旧,那为什么不回去那个女人身边?这种爱,我不稀罕。

如果仍然怀念着另一个女人,那请不要来爱我,因为我不会努力成为你心中的最爱。我们太知道了,这种事,不是努力便有用的。

爱上两个脑袋和身体

有人问,同时爱着两个男人,但只能跟其中一个人结婚,那怎么办?

那么,就不要结婚好了。

不结婚的话,仍然可以爱着两个人。结婚毕竟是一个共同生活的承诺,既然无法只爱他一个,那就不要跟他结婚。

当你觉得自己的年纪已经够大了,不结婚不行,那个时候,你才去结束其中一段感情吧。恋爱的对象跟结婚的对象是不同的,你心里知道,有些男人是比较可以结婚的。

谈恋爱的对象,可以不懂照顾你。但是,跟你结婚的那个男人,最好能够照顾你吧?

谈恋爱的对象可以充满激情。你们两个,光是坐下来谈自己的梦想也可以谈一整天,然而,结婚的对象,也许没有共同的梦想,却是生活的伴侣。

一个脑袋也许能够爱上几个脑袋;一个身体,也可以爱上几个身体;然而,同一个时空里,只能够有一段合法的婚姻。

那么,结婚来干什么呢?

当你甘心情愿放弃其他一切,你才去结婚吧;但是,千万不要用结婚来逼自己放弃其他一切,那会使你对婚姻的期望太大。

一支永远不会完的歌

总是这样的：有些男人为你提供插曲，有些男人为你提供主题曲。

跟他在一起的时候，你曾经以为他是你的一生，然后发现，他只是一支插曲。

或者，打从开始的时候，你就知道，他只是插曲而已。他那么吊儿郎当，怎么可能为你提供一生？

无论是多么深的爱，也不可能把一个男人的性格改变过来。他很爱你，你也爱他。可惜，从第一天起，你已经知道，他只会是你生命里一支最哀怨缠绵的插曲。他永远不会成为主题曲。

女人还是需要一支主题曲的。

这支主题曲纵有不完美的地方，毕竟，也比插曲长久。

我们可以有几支插曲，作为青春岁月的回忆。但是，主题曲是不可缺少的。

他为你提供一生。无论是感情上还是物质上，他是可靠的。已经那么多年了，他对你专心一意。他是个有责任感的男人。你曾经以为他只是插曲，原来，他是一支深情的主题曲。

他为你唱的这一支歌，永远不会完，直至生命终结。

至于那支哀怨缠绵的插曲，只能唱一段短暂的时光。

把你捧到天上的男人

除了最心爱的那个之外,我们身边必须还有其他男人。不是蜂蜂蝶蝶,而是一个或者几个理智的仰慕者。

痴缠的仰慕者不是好的仰慕者,这些人,你不想他出现的时候,他还是会出现。他会干扰你的生活。

理智的仰慕者是在内心深处恋慕你。他不会干扰你的生活和情绪。你不想他出现的时候,他不会出现。你想见他的时候,他会立刻来到你跟前。他的爱是冷静的。他会把痛楚藏在心里,而在你面前微笑。

当你爱的那个男人伤了你的心,你可以去找你那个理智的仰慕者,享受他的奉承和赞美。当这个男人还没得到你的爱,他会毫不吝啬地说出你的好处:

"你长得很漂亮。"

"不,你一点也不蠢,你很聪明。聪明的女人,难免会有较多忧伤。"

"只要你愿意,很多男人也想追求你。"

这些说话,实在太动听了!尤其在你心爱的男人忽视你的时候。

当你被一个男人亏待,你需要另一个男人把你捧到天上,作为补偿。

然而,不二的戒条,是永远不要心软,爱上了你本来不怎么爱的仰慕者。一旦爱上了他,他就跟你以前的男人一样了。

如果她选择向你说谎

男人说，他向女人撒谎，是因为爱她，他不告诉她他有第三者，因为怕她伤心。

他不告诉她他有太太，因为怕失去她。

他不告诉她他去召妓，因为怕她会生气。

他许下自己无法做得到的承诺，因为不想她失望。

男人说，他所有的谎言都是为了使事情看来美好。男人是伟大的。

男人为说谎而活，女人则为这种男人而活。

女人向你撒谎，也是为了爱，不过不是爱你，而是爱另一个。

男人都有这种经验吧？已经约好见面，女朋友突然通知你，她的闺中密友刚刚跟男朋友闹翻了，哭得死去活来，她要立刻去安慰她。男人失望地回家，女人却是去见另一个男人。

这个借口很笨，但是差不多所有一脚踏两船的女人都会用一次。

女人在 A 君与 B 君之间选择向 A 君说谎，那么，在这一刻，她是比较爱 B 君的。女人选择说谎，因为她爱的另有其人。她只需要对她所爱的人忠诚。

但是男人，竟然能够对自己所爱的人说谎，这是女人不能理解也不齿的行为。

不要代替任何人

女人伤心地说:"我和他一起许多年了,可是,我知道他心里仍然怀念着逝去的妻子。我是没法代替她的。"

那就不要代替她好了。

不要渴望自己可以代替别人。当自己没法代替另一个人的时候,也不要因此而悲伤。你是你自己,你用不着代替任何人。

也许,在这个男人的回忆里,你还没有胜过他逝去的妻子;然而,你胜过她的,是你活着,而她却不可能复生。

是谁陪着这个男人度过以后的每一天呢?是谁在他沮丧时给他安慰,又是谁分享他的成功和快乐呢?是你。

当我们发觉自己没法代替另一个女人时,我们难免感到沮丧。然而,当我们发觉自己不需要代替任何一个女人,我们便会豁然开朗。

想代替另一个人,这是多么傻的想法?

要代替别人,是吃力的。要做自己,容易许多。他爱你,因为你是你,不是因为你是他亡妻。

你死了,他同样会怀念你。你还活着,所以你会怀疑。

有什么比活着更幸福呢?

每一个人和每一段爱,也是独特的。对他来说,你也是独特的,没有人可以代替。回忆有时是可以并列的,并不一定要有轻重。

没有声音的日子

当你所爱的那个人不在你身边，原来整个世界也会变得寂静。

习惯了每天听到他的声音，这几天听不到了，虽然生活还是跟平常一样，但是，四周都好像变得太宁静。

习惯了每天都见到他，现在，他在远方，虽然还能透过电话线听到他的声音，透过话筒接到他的吻，但那终究是不一样的。他的声音，犹如空谷回音，太孤寂了。

他在的时候，常常跟他吵嘴，老是受不了他的缺点。生气时，甚至会说："我不要你了！"然而，当他不在身边，连个吵嘴的人都没有，你只能在寂寞的深夜里听到时钟的滴答声。那些声音多么空虚？

当他空闲的时候，你没时间陪他。你有太多工作要做了。即使有时间，也没心情。勉强跟他吃一顿饭，却心不在焉地想着工作的事，只想快点把面前的东西吃完。当他埋怨，你说："我也是为了工作呀！"然而，当他不在身边，你有很多时间，却提不起兴趣完成手上的工作。为什么不好好利用这段时间呢？你忽然宁愿他在你身边埋怨你不陪他。他不在的时候，太寂寥了，连生活的节奏也好像停顿了。要等他回来，你生活的时钟才能够回复正常，你的世界，才有声音。

大家的那个

大伙儿聊天的时候，一个四十几岁的男人说："我也很想尝试做女人，我只是最受不了女人每个月有那个……"

我取笑他："到了你这个年纪才变做女人，每个月应该已经没有那个了。"

男人觉得女人每个月的那个很麻烦，女人倒是觉得男人身上的那个才麻烦。

我喜欢做女人，来生还是希望做女人。总觉得女人的身体和线条是比男人好看的。男人身上的那个，怎么看都不是艺术品。

做男人，最苦的还是要穿裤子。古代欧洲的男人是穿裙子的，不知道什么时候开始，穿裙子变成女人的专利。男人的身体构造根本不适合穿裤子，尤其是不适合穿牛仔裤。

女孩子们笑了，都同意我的看法。我们女孩子可不同了，穿裤子潇洒，穿裙子漂亮。穿裤子的时候，也不用决定那个东西应该放在左边还是放在右边。

座中另一个男人很认真地说："现在已经有些男装内裤可以把那个固定在正中间。"

有这种裤子吗？那么，是否还可以选择要中间偏左还是中间偏右呢？

女人每个月的那个的确麻烦，不过，比起男人的那个，我还是宁愿要我这个。

扫走肩膀上的灰尘

一个男人说，一天晚上，他独个儿在一间餐厅吃饭，碰到他以前的女朋友，她远远看到他，走到他面前，问他：

"你近来好吗？"

他垂头苦笑。

她用手轻轻替他扫走肩膀上的灰尘，温柔地注视着他，一副怜悯的样子。

他突然很生气，她这一个动作，好像把自己升上上帝的宝座来怜悯他。

她在三年前嫌弃他，虽然她口里不说，但她背着他和一个富有的男人交往。自从跟那个男人在一起之后，她的生活愈来愈好，像今天，她就穿得像贵妇。

他曾经苦苦哀求她留下。她冷冷地说：

"聚散本是平常事。"

他在她面前号啕大哭，答应她他会赚很多钱给她，她说：

"算了吧，看你哭成这个样子……"

他花了很多时间才可以忘记她。

今天晚上，她看到他，好像遇到了千载难逢的机会，急忙上来慰问他。

三年前，分手时，她连碰都不想碰他。

三年后，她用手扫走他肩膀上的灰尘，以怜悯的心俯视他，心里其实是庆幸自己离开了这个依然这么潦倒的男人。扫走肩膀上的灰尘这一个动作，是她心里的一声叹息。

没睡过的旧情人

我问一个男人:"假如你跟旧情人重逢,你会再和她睡吗?"

他说:"不太会。对她的那种感觉,也许已经变成亲人了。我怎会和自己的亲人睡?"

"如果你以前没有和她睡过呢?"

"那么,再见的时候一定会。"

"为什么呢?"

"不知道,就是这样想。"

对男人来说,没睡过的旧情人,是一个永远的遗憾。有机会再见的话,他要填补那个遗憾。填补了,才是完美的。当然,重逢的时候,她的姿色不能够跟当年相去太远;否则,便真是最大的遗憾。

"女人刚好相反。"我说。

"怎样相反?"他问。

"女人跟一个没睡过的旧情人重逢,会庆幸没有和他睡过。跟已经睡过的,她会宁愿没有。"

"女人真的不会跟旧情人睡吗?"

"跟现任男朋友吵架时,或者会的。"

"真的?那么,有旧情人的男人不是很幸福吗?"他喜滋滋地说。

我没好气地说:"我们通常不会去找很久以前的旧情人,只会找最近的一个。"

不是带挈就是负累

小人物的对白有时候十分精警。一个小人物说："朋友不是带挈就是负累。"

好命的人，遇到的朋友都是带挈他的。倒霉的人，被朋友负累。

不会带挈你，又不会负累你的，通常只是你的普通朋友。

如果是好朋友，不可能不带挈又不负累你。

带挈你和负累你的，通常不会是同一个人。一向带挈你的，会继续带挈你。

一向负累你的那个人，假使有一天兴高采烈地跟你说：

"我有一件事情带挈你。"

那必然是一个更严重的负累。

没有一个好人想负累朋友，他们的负累通常是由带挈开始的。他愈想带挈你，便愈负累你。因此，对于那些负累你的朋友，千万不要抱怨，你一旦抱怨，他就会想尽办法带挈你一次，结果又是负累。

朋友根本就是一股恶势力，尤其是互相带挈的朋友。

互相负累的那些，是命运。

男女之间也是如此，不是带挈就是负累。

女人嫁得如意郎君，生活质量改善，那是男人带挈她。男人找到好女人，后顾无忧，或者从此可以花岳父的钱，那是女人带挈他。

遇上一个差劲的情人，便是一个负累，只是，我们在开始时总以为是带挈。

爱火，未许重燃

男人常常有一个幻想，就是希望可以跟那个他无法忘怀的旧情人再相爱一次。

第一次，因为性格不合，大家黯然分手。他一直没有忘记她，许多年后，两个人重逢，那份感觉原来还没有消失，他战战兢兢地再跟她谈一次恋爱。

爱火重燃的初期，大家都努力做得比上一次更好，偏偏因为太努力，却反而无法尽情去爱。

他尝试改变自己，她也尝试迁就他，两个人难得再在一起，大家都害怕会失败。只是，性格本来就是不可以改变的。他是一只猴子，虽然穿了人的衣服，但始终还是按捺不住搔痒。他一搔痒，她就埋怨：

"你始终没有改变。"

他心里想：

"其实你也没有改变。"

温馨的日子过去之后，老问题又出现了，从前没法解决的问题，今天依旧没办法解决。原来，他们从来都没有为对方改变。

如果没有重逢，没有再走在一起，也许，她会在他的回忆里留得最久，他会刻骨铭心地记着她，会幻想和她再爱一次。然而，当他和她有机会再走在一起，幻想却破灭了。这一回，他很清楚知道，他和她根本是不可能的。第二次再分手，他也不会像上次分手之后那么爱她。

爱火重燃，只能使一段旧情无法永恒。

我不来，也不走

一个男人说："女人真是奇怪！叫她来的时候她不来，叫她走的时候，她却又不肯走。"

男人不都是一样吗？

谁不想做一个"你叫我来，我不一定来。你叫我走，我一定走！"的人？可是，当心爱的人就在面前，我们竟然无可救药地有点 cheap。

每个女人大概都从女性杂志上读过数十篇教我们如何对付男人的文章，什么欲擒先纵、忽冷忽热，我们早已背得滚瓜烂熟。一旦用起来，又是另一回事。

对着自己不喜欢的人，老实告诉你，我们什么冷血的事情都做得出来。

对着自己喜欢的人，我也只好惭愧地告诉你，我们真的是什么事情也做得出来。

你叫我来而我不来，不是不喜欢你，而是怕你觉得太容易到手了。这么容易，你会不会不去珍惜呢？

你叫我来而我不来，只是希望你更想念我。

你叫我来而我不来，只是在生你的气，你再求我一次就好了。

你叫我走而我不走，那还需要理由吗？不走，是舍不得。

你叫我走而我不走，也是觉悟。你叫我走的时候，我才想起你所有的好处。人们不是往往到了死线才交出最好的作品吗？

了解话的含义

一个人若活到一把年纪，就应该明白一些话的含义，不要太天真。

你问朋友："你会不会帮我忙？"

对方问："到底是什么事？"

他是想找借口拒绝帮忙，因为下一句，他会说："这个我就帮不上忙了。"

说"你的事，就是我的事"的，也未必就会帮你。他不知道是什么事情，却首先答应你，他这个人可能是信口开河。

大事最好不要叫人帮忙，友情是经不起考验的。

情人说："这样对彼此都好。"

意思是这样对他好。

男人说："虽然你不爱我，但我会一直保护你。"

意思是：再见！

女人说："这件衣服太贵了，不要买给我。"

意思是：如果你买给我，我会很感动。

旧情人说："事隔多年，很多事情都改变了。"

意思是：我现在活得比你好。

丈夫说："这个电话打错了。"

意思是：这个电话找我。

太太说："这衣服才一千块钱。"

那么，这件衣服至少值三千块钱。

某人说："我对事不对人。"

那么，他肯定是对人不对事。

我待你很好

女人若对一个男人说:"我待你很好。"

除了她用心爱着他、迁就他、关心他、尽量令他快乐之外,还包括她为他放弃了其他机会,拒绝了其他追求者。女人对一个男人好,必定包括忠诚。

男人对一个女人说:"我待你很好。"却并不是一定包括忠诚。

一个男人被太太在他的口袋里发现避孕套,他骗太太说:"是朋友戏弄我,他们把这些东西放在我的口袋里,真可恶!"

太太半信半疑,日子有功,她渐渐坚信丈夫是清白的。我难以相信,证据确凿,她仍然自欺欺人。

男人得意扬扬地说:"我特意选一个容易受我影响的女人做妻子,我可以控制她的思想。"

我说:"你在伤害她。"

男人不以为然,男人说:"除此之外,我待她很好。"

是"除此之外"!

所以,当男人突然对一个女人说:"其实,我待你很好。"他说不定是做了一件对不起你的事。

三十四天

男人跟女人同居了十年，结婚三十四天以后，女人另结新欢，向男人提出离婚。

男人悲痛地说："才不过三十四天，三十四天她就变心了。"

如果她不爱你，三十四天和三十四年有什么分别？

如果她跟你在一起三十四年才不爱你，不是更难受吗？

"不。"男人说，"如果有三十四年那么长，还比较好受。"

无法接受，只因来得太突然，和时间无关。

一段三十四年的婚姻破裂了，我们觉得惋惜，却也相信人生就是这样。

一段三十四天的婚姻破裂了，我们却呼天抢地。这不也是人生吗？

长和短毫无意义，爱与不爱才有意思。

我只想告诉男人，一段三十四天的婚姻变成这样，问题绝不在这三十四天，而是三十四天以前那十年的同居生活。

不要自欺，那十年也一定有很多问题，只是，男人不察觉，也不承认，女人拖拖拉拉，将将就就地结婚，以为可以有一个新的开始。

婚姻从来不能用来挽救一段破碎的爱情，破碎的爱情只能得到破碎的婚姻。

累人的幻想

男人并不会怎么美化自己爱上的女人，女人却常常把男人美化。

他本来只有七十分，在她眼中，却会变成一百二十分。这一百二十分里，有一部分是她一相情愿；另一部分，是男人自夸。

可是，一旦共同生活，女人才渐渐发现，她所爱的男人，也不过是凡夫俗子，而不是圣人。他的缺点很多，优点却没有她以为的那么多。他很会美言自己，误导了她。在年年月月的生活中，女人终于知道，她所爱的男人，并没有一百二十分。

没有一百二十分，并不等于有七十分。他连七十分也不值，只得六十分或者五十分。当一个女人感到失望，她会把男人的分数降到比原本低一点。

女人习惯高估男人。男人实际得多，他对女人的身材有幻想，对她的智慧和将来的成就，却不会有太多的幻想。没有幻想，也就不会幻想破灭。

幻想是美丽的，然而，有些幻想却是累人的。

被幻想得太好的男人，总怕会令女人失望。把自己的男人幻想得太完美，女人也容易从天上掉下来。

情人之间，总是无法客观，有时是自欺，有时是欺人。谁不渴望怀抱美丽的幻想度过共同生活的日子？只是，到了最后，我们才发现，不是欺人，便是自欺。

第四章
爱的游戏

没有什么东西是不能放手的,所有的哀伤、痛楚,所有不能放弃的事情,不过是生命里的一个过渡,你跳过了,就可以变得更精彩。

逝去的诺言

一个男人说："不是我的诺言不兑现，而是时间和环境改变得太快，出乎我意料之外。"

他到底知不知道什么是诺言？能够因为时间和环境改变而做出相应改变的，还算是诺言吗？

诺言是我答应过你的事，即使时间、环境、所有客观的因素改变，我依然会付诸实行。

因为我们知道许多事情都会改变，有那么一天，环境、际遇、你和我，都会改变，所以我们才需要诺言。

诺言是用来跟一切的变幻抗衡。变幻原是永恒，我们唯有用永恒的诺言制衡世事的变幻。不能永恒的，便不是诺言。

随时可以改变的那些，不是诺言，是对策。

连什么是诺言都不知道的男人，当然不可能遵守诺言，也不配许下诺言。

为什么一对夫妻要在教堂里许下诺言"无论环境顺逆，无论疾病健康，我都会爱你"？最深沉的情意，最伟大的奉献，是与世上一切的变迁抗衡。

今天我答应你，无论将来世界变成怎样，你变成怎样，我仍然会像今天这样爱你。所有的盟誓都应该是这样，而不是此一时，彼一时。

诺言是很贵的，如果你尊重自己的人格的话。

忏悔是残忍的

最笨的事是忏悔。

在对方毫不知情时,竟然坦白招供,哪有这么笨的事?

在情场上,自首是不会得到减刑的。

忏悔不如认真地改过。有些人在忏悔之后继续错下去,他们是悔而不改;忏悔,只是想令自己好过一点。有些人用忏悔来逼自己改过。我们缴交一年的费用参加健身院,目的是逼自己勤力做运动。结果怎样?缴交了一大笔钱之后,我们还不是只去过两三次便失踪?

即使对方动之以情,也千万不要忏悔。

他说:"你说出来吧,我不会生气。"

你问:"真的?"

他答:"嗯。"

头脑简单的你,真的如实招供,声泪俱下地忏悔。你得到的奖赏,极有可能是两巴掌。

他会一辈子记得你做过一件对不起他的事,他也想忘记,可是他做不到。

从此以后,虽然你真的努力改过,他还是无法相信你。他宁愿你从来没有向他忏悔。

你为什么要向我忏悔?你太残忍了。

有些事情,还是一生一世不要知道的好。

假如你曾经背叛我,请你不要不要,不要向我忏悔。

相遇不是巧合

无巧不成戏。电影和小说里，时常有许多巧合。男女主角巧合相遇，巧合地成为邻居、同事，甚至冤家。男主角正要向女主角道歉时，女主角巧合地听不到他的道歉，一直误会他。分手之后多年，大家巧合地相遇。即使没有相遇，擦身而过，也是一种巧合。

观众和读者质疑："太巧合了。"

你有试过这种经验吗？你刚刚想起一位朋友，他突然打电话来。

在时间和空间的河流里，这是纯粹巧合，抑或是一种我们也无法解释的心灵感应和因果关系？

男女巧合相遇、重逢，也许并不是纯粹的巧合，而是一种心灵感应和因果关系。

你在许多年前见过某人或听过他的名字，多年以后，你竟然跟他相爱。回首当天，这是纯粹的巧合吗？还是你宁愿相信当天你听到他的名字时已经是一个因，多年以后才结果？

你曾经很讨厌某人，兜兜转转多年以后，你竟然跟他爱得死去活来，你笑笑说这是报应。这不是报应，而是心灵感应。

世上不会有那么多巧合。分手多年以后仍然会重逢，是因为你从来没有忘记他，他也没有忘记你。大家战胜了时空，再见一面。

再遇不上，因为他已经忘记了你。

最终，你想得到什么？

当你犹豫："是否应该跟他分手？"
"是否应该跟他离婚？"
"应该选 A 君还是 B 君？"
"要继续做第三者吗？"
"应该向他示爱吗？"
"还要继续单恋他吗？"
"应该跟他结婚吗？"
"应该继续偷情吗？"
"应该揭发他的婚外情，还是装着不知道？"这些人生的大问题时，别浪费时间，你只需问自己，到了人生的终点，你想得到什么？知道自己想得到什么，那就很简单。

你要的是爱情，他不爱你，那就跟他分手吧。你要的是金钱和安定的生活，他不爱你，却能提供给你，那就不要分手。

A 君不羁，B 君踏实，你不介意七十岁时孤单一个人，选 A 君吧。你希望七十岁时有人照顾，选 B 君吧。

丈夫和情夫，你还是爱丈夫多一点，希望与他终老，那就不要再偷情。

人生最大的烦恼，不是选择，而是不知道自己想得到什么，不知道到了生命的终点，自己想有些什么人在身边。

别浪费时间了，想一想：最终，你想得到什么？

一推、二托、三安定

在一本杂志上看到一个胸围广告。广告内的魔术胸围号称有三环功效。三环是一推、二托、三安定。

一推,是将胸部往上推挤。

二托,是将胸部托起。

三安定,是固定胸形不滑动。

一推、二托、三安定,不正是男人用来哄骗女人的三招吗?

当女人说:"我想结婚。"

男人一推,是推搪。二托,是托词,譬如说:"我姐姐还没有结婚,我不能比她先结婚。"三安定,是安抚她:"结不结婚,我也一样爱你。"

当女人质问男人:"你爱她还是爱我?"

男人又使出这招一推二托三安定。先是把责任推在第三者身上,比方说:"她说要自杀,我暂时不敢离开她。"然后就是衬托,将两个女人比较,乖巧地说:"你什么都比她好。"跟着便是安定,安抚她说:"你给我一点时间好吗?"

男人抛弃女人时,也是使出这招一推二托三安定。一推,是推在自己身上,比方说:"是我不好,我不值得你爱。"二托,是托词,明明是自己变心,却说:"也许是时间的错误。"三是安定,分手的时候,这招最重要。为了防止女方自寻短见或死缠烂打,男人情深地说:"即使分开,我仍然像以前一样关心你,你有什么事都可以找我。"

女人有一哭二闹三上吊,男人也有一推二托三安定。

而爱情,真是一命、二运、三风水。

假装看不见你

在街上碰到一个朋友,他明明应该看见你,却假装看不见你,那么,你也应该识趣,不要上前跟他说:"喂,你看不见我吗?"

朋友假装看不见你,说不定有些悲伤的理由。

也许他近来很失意,不想让你看到。他不想面对你,让你看到他失意的容颜。

他身边那位,不是他太太。

如果你这位朋友是女人,她就有更多的理由假装看不见你。

她今天没有打扮,外表很糟。

她现在比从前胖了一倍。

她近年老了,比不上从前那么漂亮。她不希望破坏你的回忆。

她身边的男人,不是她男朋友或丈夫,而是情夫。

她身边那个是女人,不过却是她的情人。她不想你知道她这种改变。

她喜欢过你,虽然不曾向你表白,但你是知道的,却没有领情。

她最近整容失败。

我们有太多理由假装看不见一个朋友。假装的一刻,总是以为对方不一定看到自己。你望过他一眼,他怎么可能不知道?况且所有失意者的假装,不知为什么,总是带一点鬼祟。

是时候做点善事了

你什么时候觉得自己应该做点善事?

是做了亏心事的时候吗?

是中了六合彩的时候吗?

还是失恋的时候?

那天和朋友逛街,在路上看到一个乞丐,她突然掏出一张一百元的钞票施舍给那个乞丐,然后苦笑说:

"我也是时候做点善事了。"

做点善事,也许,下一次会遇到一个好一点的男人。

如果失恋就要做善事,很多人都是善长仁翁。

我们被自己所爱的人抛弃或背叛,我们付出的感情,竟然落得惨淡的收场,那个时候,除了想跑去算命之外,我们也许还会问自己,上一次捐钱给慈善机构,是什么时候?

是十八年前念小学的时候?

你真是太差劲了,怪不得命运会这样对你。

在治疗情伤的同时,你也是时候做点善事了。

做了善事是否一定有好报?

你不知道做善事是不应该要求回报的吗?

我们爱一个人的时候,不也是做尽善事吗?结果,他却对我们做坏事。

无法沟通的天空

编辑转来一叠读者给我的电子邮件,其中有几份的字体是怪模怪样的,不是中文,也不是英文,说它们是文字,倒不如说是符号更贴切。编辑说,那是因为大家的系统不同,所以他们的邮件无法传送过来。

我曾经拿着那几份满是符号的电子邮件研究,尝试了解他们本来想说些什么,可惜徒劳无功。

两个人无法沟通,大概就是这般无奈吧?

你对他有好感,他对你也有好感。你欣赏他某些地方,他也懂得欣赏你,可是,若再深入一点,你们就无法沟通了。他用的那一套系统,跟你用的那一套,全然不同。

你给他的文字,变成无法理解的符号。

他脑里所想的,对你来说,也是一堆无法理解的东西。

每次讨论问题时,最终都会变成各执一词,他说:"我不知道你说什么!"你说:"我不知道你心里想什么!"原来不是两个人相爱就可以解决一切问题。无法打开沟通的天空,也就只好放弃厮守一生的愿望。

还有一些人,你和他本来很沟通得来,时日过去,你成长了,或者他成长了,竟然渐渐无法沟通,过去美好的岁月都变成遗憾,只留下今天一串无法沟通的符号。既然是符号,当然也不再有感情,最后,只好分开。

太老而又太年轻

有否发觉,你已经太老去犯一些错误,却又太年轻去得到一些好处。

你很想退休,逍遥自在,但是你太年轻了,还没储够钱。

你很想有很多钱,但是你比别人迟出道十年,形势不同了,你干的这一行,赚钱不及从前容易,都怪你太年轻。

你很想变得豁达,什么也可以一笑置之,但是你太年轻了。豁达,毕竟是需要一些时间的。

你很想受到尊重,有点江湖地位,对不起,你太年轻了,等你老一点再说吧。

你以为自己年轻,却又已经太老去犯一些错误。

你不会再像十七岁的时候那样,不顾一切地去爱一个人。二十七岁的你,一点也不老,却知道不顾一切之后,没有人会替你收拾那个烂摊子。

你已经太老去私奔和暗恋别人,虽然你还不过是二十八岁。

你已经太老去只要爱情,不要面包,虽然你才不过二十九岁。

你已经太老去跟一个不会跟你结婚的人谈恋爱,虽然你才三十岁。

你已经太老去伤害身边的人。因为,你过去经历的事使你明白,让爱你的人伤心,那是很不负责任的。

你已经太老去被人骗财骗色。

你已经太老去说任性。

你已经太老去做第三者。

世上没有免费汤水

一位七十岁的名流兴讼,禁止五十岁的旧情人侵占其物业。二人对簿公堂,辩方道出一段忘年恋,谓控方从前是她上司,自他妻子患上失忆症后,他经常到辩方家里饮汤,二人情愫渐生,他答应以低于市值楼价卖楼给她。这段关系维持了十年,女方经常煲汤给他补身,后来双方关系恶化,男方要收回物业,女方不允。

世上是没有免费汤水的。

年轻男女的关系以约会开始,饮汤为过程。中年男女的关系则从饮汤开始。

每一个男人都应该明白女人为你煲汤的意义。一个女人对你没有意思,不会叫你去饮汤。一个男人,愿意去饮汤,也该预料到后果,不可能白饮。一个愿意煲,一个愿意饮,你情我愿,没有半推半就的成分。

一个男人在一个女人家里饮了十年汤,然后要取回送给她的礼物,毕竟有点那个。

女人煲汤给男人喝,是真情也好,假意也好,她的确为寂寞的老男人提供过一个温馨的环境,让他感受到家庭温暖。几分真,几分假,当你愿意接受的时候,也应该知道要有回报。

汤是女人的武器,不在于煲得好,而是在于选中渴望饮汤的男人。从今天开始,男人应该明白,女人煲的汤是很昂贵的。

冷漠的人清醒

很多年前，有一个人跟我说：
"不要怨恨冷漠的人，他冷漠，因为他清醒。"
那时候，我不认为做人应该那么清醒。

一次，看一本写女人如何复仇的书。作者说，对付一个对你不忠的丈夫，最残忍不是趁他熟睡时把他阉割，让他一觉醒来，发现自己那话儿不见了。最残忍的是把他四肢缚起来，让他清醒地看着自己被阉割。

清醒的人是痛苦的。可惜，人愈大，便愈来愈清醒。
你清醒地知道那个人是否适合你。
你清醒地知道他是否一个能够跟你共度余生的人。
你清醒地告诉自己，算了吧，不要爱上他。
你清醒地计算代价，然后考虑自己是否付得起这个代价。
你清醒地不容许自己将来后悔。
你清醒地知道激情火花和恩情道义的分别。
你清醒地看到你和他顶多只可以维持三年，那已经是最好的结果了。
你能够清醒地控制自己的欲念，你知道自己在做什么。

很多人喜欢"难得糊涂"这四个字，一刻的糊涂，不过是自我放纵，并不难得。糊涂之后，怎样收拾残局，那才是难事。那么，不如清醒一点。

不过是一块跳板

我们都曾经以为，有些事情是不可以放手的。

我们不会放弃一个人。

我们不会离开一个人。

我们不会让一个人离开我们。

我们不会让那个不爱我们的人得到自由。

我们不会忘记。

是的，我们咬牙切齿地说："我是不会放手的。"

其实，没有什么东西是不能放手的。

时日渐远，当你回望，你会发现，你曾经以为不可以放手的东西，只是生命里的一块跳板。

所有的哀伤、痛楚，所有不能放弃的事情，不过是生命里一个过渡，你跳过了，就可以变得更精彩。

人在跳板上，最辛苦的不是跳下来那一刻，而是跳下来之前，心里的挣扎、犹豫、无助和患得患失，根本无法向别人倾诉。我们以为跳不过去了，闭上眼睛，鼓起勇气，竟然跳过了。

有什么东西是不可以放手的呢？你倾尽所有去爱他，你以为你绝对不会放手，当他要走，你又可以怎样？

失恋、失意，甚至失婚，以至我们在爱情里所受的苦，都不过是一块跳板，让你成长。

不要再说"我是不会放手的"，说这句话太笨了。

以改变换改变

我们时常想,要是对方能够改变,我的日子就会好过点。

先别说对方,你能够改变自己吗?

你可以从今天开始放弃一样自己最喜欢的食物吗?

你可以改掉一种坏习惯吗?

你可以学习不再埋怨吗?

你可以从今天起不再发怒吗?

你能够不再自以为是吗?

你能够减少一点虚伪吗?

你可以每天早起一小时吗?

连改变自己都那么困难,你凭什么认为别人可以改变?

我们总是埋怨,假使他不是这样,我也不会这样,如果他对我好一点,我也会对他好一点。你为什么不先对他好一点?

我们只能够拿同等分量的东西交换另一样东西。

以爱换爱。

以情换情。

以恩换恩。

以义换义。

我们只能以改变换改变。你先改变自己,让他的日子好过点。他过得好,自然也愿意改变一下来报答你。

如果你改变了,他还是老样子,你也没有失去什么。你改掉所有坏习惯,不是更有条件去找一个比他好的人吗?那时,他自然会迫不及待改变自己来挽留你。

无法不说再见

男人说，他一生最难忘的眼神是数年前他和女朋友一起在旧金山读书，毕业了，她首先离开。他送她到机场，她进入禁区前叫他不要望着她，他没听她话，一直透过通道的玻璃目送她离开，走到尽头，她忽然回头望他，眼睛里载满了泪水。那回望的眼神，让他心痛极了，那一刻，他不禁问自己：

"人为什么要离别？"

我问他：

"你现在找到答案没有？"

"大概这就是人生吧。"他说。

离别和重逢本来就是人生不停上演的戏码。

人为什么要离别？

离别是为了生活，生活的开支足够有余，才不用再分离。

离别是为了重聚，没有离别的苦，哪有重聚的欢乐？

离别是为了思念，有时候，故意离开你几天，是想看看我会否思念你，你又会否思念我。

离别是为了不让自己做错事，再不跟你说再见，我便控制不了自己。

离别是为了不想你憎恨我。我们再不分开，再纠缠下去，将来你一定会恨我。

离别是为了在你心中留下最后和最好的印象，我现在走了，你不会看到我年华老去的样子。

人生，总是无法不说再见。

被担架床抬回去

朋友跟我玩了一个心理测验，问题是这样的：

如果你的情人生病了，你要赶去探望他，你会选择何种交通工具？

飞机？火车？巴士？

你到了他的家，你希望是谁来给你开门？

他？他的家人？

探病之后，你会坐何种交通工具离开？

飞机？火车？巴士？

不要问他住在哪里，你只要老实回答以上三条问题。

选好了答案没有？现在揭晓。

选择哪种交通工具去探望生病的情人，代表你对一段新恋情的投入程度。如果选飞机，你是很快投入的那种人。选巴士的，投入得最慢。

希望情人来开门，你最重视爱情。希望他的家人来开门，你比较重视家庭。

选择何种交通工具离开，代表失恋之后复元的速度。选择飞机的人，复元得最快，选择巴士的人，复元得最慢。

在座中有一个刚失恋的男人，他苦笑说："我要走路回去。"比坐巴士更惨。走路回去总比要爬回去好，爬回去的人也总比要用担架床抬回去的人好，希望你不用被担架床抬回去吧。

小车厘子的"怀念"

一位署名"小车厘子"的中五毕业生说,今年农历年假期前,老师给了她两个作文题目,分别是:"中五毕业有感"和"怀念"。

小车厘子对中五毕业没什么感受,只是害怕会考,所以,她选择了"怀念"这个题目,问题是她找不到有什么东西来怀念。

她问我,怀念什么东西会比较特别和容易令人感动。

怀念一般人通常不会怀念的东西,那就比较特别。怀念一般人也怀念的东西,那就比较容易令人感动。听来好笑,事实就是这样。

怀念父亲的背影、母亲折的纸船、逝去的儿子等等,但凡和亲情有关的回忆,只要写得好,都比较容易令人感动。亲情是千古不变,感人至深的题材,如果你的亲情不感人,那没关系,你可以创作一段感人肺腑的亲情,那个人可以是你的祖父母、外祖父母,甚至是一个与你有特别感情的舅舅。

万一实在找不到一个人来怀念,那就怀念一头宠物吧,它可以是逝去的猫儿或狗儿。

你连宠物都没有?那么,不如怀念成长里一些难忘的片段。譬如童年的趣事、一个对你影响至深的老师、一次旅行,甚至是一件玩具。你也可以细微到只怀念一个拥抱、一个眼神、一句话,但那不容易写得好。

你的成长过程中没有什么值得你怀念的片段?那就杜撰一些出来吧。题目只有两个,要写得好,只能逼自己爱上你所选择的题目,你一定有一些东西值得怀念的,正如我们常常以为自己一定有些地方让人怀念。

最后一集

在没有录像机的年代，每当看完一套精彩的电视连续剧的最后一集，总有一种怅然若失的感觉。

故事播完了，下星期同样时间干什么好呢？下一套电视剧不一定像这一套这么荡气回肠，最后一集不可能重温，当字幕打出来，就是离别的时候。

这不是生离死别，也不是跟心爱的人分手，但是，离别的滋味终究不好受。在还没开始春心荡漾，还没懂得谈恋爱的时候，我们已经要忍受离别的煎熬。

也许是因为那最后一集的离别太刻骨铭心了，所以，即使现在的电视剧多么精彩，我们还是固执地认为我们以前看的电视剧好看得多，因为，我们曾经每个星期或每天准时守候在电视机前面，等待剧集的主题曲响起，大结局播出的时候，我们曾经依依惜别。

当最后的字幕也消失了，我们惆怅地望着荧光幕，无限失落，一家人本来正在吃饭，到了这个时候，也相对无言。

就这样完了？噢，真的不敢相信。

后来才知道，那种感觉，就像你喜欢一个人，你常常可以跟他见面，你们共度许多美丽的时光，一天，他告诉你，他要走了，虽然明知道有这一天，但你仍然觉得，离别是一件残忍的事，但愿从今以后，你能够首先说别离，而不是由对方来说。

某年某天某地

女孩说，她和她喜欢的人现在不能一起，她希望某年某天，他们可以在某地重新开始。

真的可以吗？

我们说某年某天某地的时候，总是怀抱着一个希望，同时也有点绝望，如果现在可以，何须等到某年某天？

某年某天是什么时候，谁又知道？有时候，时间对了，地点却不对；地点对了，时间却不对；时间和地点都对了，心情却不对。

他现在不自由，她只能寄望某年某天在某地跟他再开始。也许，当他自由了，她却不自由；当她自由了，又轮到他不自由。当他和她都自由了，他们却在两个不同的地方，没有遇上。地点对了，他和她都自由，可是，那时他们都变了。

他们不是说过"某年某天某地"的吗？原来那是绝望时候的一星火光。我爱你，我深深相信我们的缘分未尽，某年某天某地，我们会再遇，你要好好的生活……我们含泪道别，努力活下去，迎接重逢的一刻。

可惜，所有的重逢，都是想像比现实美丽的。

期待重逢的两个人，已经各自爱上另一个人。直到某年某天，他们在某地相遇，才想起某年某天，他们曾经有一个约定。

流最多眼泪的一句话

哪一句话让你流最多的眼泪?

不是"我不爱你了。"

不是"我从来没有爱过你。"

不是"我爱上了别人。"

不是"我想分手。"

那一句说话,不是让你震惊、让你伤心的说话,那一句往往是下面这一句:

"不要这样。"

你伤心、震惊,泪水差不多要夺眶而出,你拼命咬着唇忍泪,就在这时,有人安慰你说:

"不要这样。"

你的眼泪立刻就像决堤一样,再也控制不住。

当他说:"我不爱你了。"你只是在那里饮泣。然而,当他尝试安慰你,尝试叫你不要哭,当他说:"不要这样。"你却立刻号啕大哭。

我们哭的时候,最怕就是身边的男人手足无措地说"不要哭"、"不要这样",这些说话就像有人按下我们身上一个控制泪水的按钮,一按下去,眼泪就夺眶而出,直到痛哭失声。

所以,亲爱的人,下一次我哭的时候,你千万别说"不要这样"。

只想换他垂顾

当秘书的女孩子说，她暗恋了男上司十三年，十三年当中，她也不知道他把她当成秘书还是朋友。她不开心的时候，他会开解她，开车载她兜风。他不开心时，会狠狠地骂她，过后又向她道歉。在事业上，她肯定他不能没有她，但在感情上，他也许不需要她，十三年间，他换了好几个女朋友。

她不敢向他示爱，只是默默守在他身边，她自问长得不难看，一直有男孩子追求她，但每当她拿这些男孩子跟她上司比较，她便看不起他们。今年，她三十五岁了，已经没有男人追求她。

虚度了十三年青春，只想换他垂顾，可是这个男人从来没有向她示爱。他对她温柔、细心，甚至呵护，偏偏就没有向她示爱。为了赌一把，她向他提出辞职。他挽留，她坚持要辞职，并且假装移民，他唯有答应。

临走前的一天，她终于按捺不住问他："你知不知道我喜欢你？"

他黯然，没有回答。

她想留下来，已经太迟了。

十三年了，他难道看不出她喜欢自己吗？他也许努力过，却是无法爱她。他黯然，只是因为不舍。

十三年，可以成就一段相依的感情，却不一定能够成就一段爱情。不是你爱他，他就会爱你。

一生最重要的两个字

如果要选出一生中最重要的两个字，你会有什么选择？

有人选"美貌"，有人选"财富"，有人选"健康"，有人选"生命"和"自由"，一个幸福的女人说是"老公"。

生命中最重要的、对我们影响最大的两个字，难道不是"时间"吗？

有美貌、财富、生命、自由和健康，但是上天给你的时间太短，也是没用的。再好的丈夫，上天只把他赐给你三个月，那是悲剧。

我们都受制于时间。年少时候，你总希望日子过得快一些。年长之后，你惊讶时间竟然过得那么快，要留也留不住。

你本来可以把一件事情做得更好，但时间够了。人的遗憾总是："如果我有多些时间……"然而，时间太长，也是遗憾。如果这一辈子只做十五年夫妻，你们是神仙美眷，是完美的，但是你们做了二十年夫妻，由结婚第十六年开始，他有了外遇。

如果只做五年情人，你们将会永远怀念对方，可惜你们做了六年的情人，那最后一年糟透了。

时间治疗痛苦，也加深了痛苦；它有时候太长，有时候又太仓促。

前世

我们未必相信缘定三生,但偶尔一定会相信自己可能是前生欠了这个人,所以今生要那么爱他。现在的情人,到底会不会在前世已经相遇过呢?美国加州最权威的轮回学说研究专家哥贝尔从多个个案中发现,原来每五对夫妇中,就有一对在前世已结为冤家。

哥贝尔用催眠术助人追溯前世记忆,发现很多夫妇的前世,无论年代、经历,都可以证明,他们前世已是一对,而前世的经历,多少仍在潜意识之中,影响今世的行为。

也许的确有缘定三生这回事。

你爱的人对你不好,你依然死心塌地爱他,你可能是前世对不起他。某君对你痴心一片,可能他前世是坏透的丈夫,经常对你拳打脚踢。一个人对你纠缠不休,可能他前世是你的一只爱犬。

听过一个女人说她前世是丈夫养的一只鸟,后来飞走了,所以今生投胎做人,回来陪他。

旁人是否相信并不重要,最重要的是当事人自己相信,而且故事又那么凄美。每次想离开他,都会想想,还是不要走了,我前世是他养的鸟,早晚会飞回来。

相信有前世也是好的,有前世就有来世,今世纵不能结合,也可寄望来生。

两个人在一起,说是心灵相通,志趣相投,总比不上是前世冤家那么抵死。

而且,"前世"是你一再容忍一个坏情人的最凄怨的借口。

光源

"他走了，一切都变得黯淡。"

一个男人是一个光源，他走了，就连光也带走了。

要在坐牢与异乡漂泊之间选择其一，无可奈何，也只好选择在异乡漂泊。然而，一个光源，离得愈远便愈弱，本来是一个发亮的灯泡，最后，已变成一根火光微弱的火柴。火不够热，灯不够亮，会冷坏一个女人。

看报章娱乐版，从大马只身来港拍电视剧的彩瑶，一个人住，每天晚上都要亮起全屋的灯才能入睡。不知为什么，一天晚上，全屋的灯泡都坏了，漆黑一片，她哭了一晚，觉得很寂寞。第二天，化妆间一位女同事在凌晨二时下班后仗义替她换上新的灯泡，她才有安全感。

好男人是夜里一盏灯，没有他，一切都会变得黯淡。他的存在，照亮了生活里每一个细节，有光就有热。

好男人是幽暗的角落里一个光源，因为有他，你不再怕黑。

好男人是漆黑的隧道尽头的光源，使你勇敢地向前走。

好男人是夜海上的一盏灯，使你知道茫茫大海，有一个尽头。

一段爱情结束，一个男人离开，好像舞台剧突然关灯换景，令人惆怅。所有的伤心、痛苦，呈现出来的，是一片黯淡，欲语无言。

一个光源，当你想要时，偏偏又遥不可及。

为他留一盏暖的灯

女孩来信说，某年某天某地，她毅然决定离开一个男人，她跟他说：

"你太穷了。"

她不想跟他一起过着毫无保障的生活，她跟他约定说，某年某天某地，他们也许会再走在一起。

离开他之后，她爱上了别人。一天，他回来找她。他现在有了自己的事业，也有了一点钱。然而，她的心已经变了，只好再一次伤害他。

她不知道两年前的约定是否做得对，如果没有那个约定，他会发愤图强吗？他回来，是否只是想告诉她，他现在成功了？

也许，这位女孩子应该庆幸自己已经不爱他。她不爱他，他贫或富已经不重要了。男人会永远恨一个嫌他穷的女人。他回来，只是要向她报复。如果她仍然爱着他或者再次爱上他，将要忍受他残忍的报复。

永远不要说一个男人太穷。对男人来说，这是没齿难忘的羞辱，正如女人不可能原谅一个说她长得太丑的男人。

即使是嫌他穷，最好也婉转地说："我们的价值观和我们追求的东西都不一样。"分手的时候，还是留点余地比较好。如果你曾经爱过一个男人，该留一点自尊给他，就像在孤单凄冷的寒夜里，你会为自己留一盏暖的灯。

我微笑，是为了你微笑

她是一位令人敬佩的女性，她每一句话都充满智慧。

她说："他走了，一切都变得很黯淡。"

她说："团聚，是很遥远的事。"

她的他在记者招待会上说，她为他受了很多苦，他希望她能原谅他。

她说："不是一句原谅就可以代表我的心情。"

"原谅，太轻飘飘了。"

她说："我觉得我自己对你的等待，不应该成为束缚你的一个包袱。"

二十多年婚姻，苦多于乐，以一句原谅了结，是生命中不能承受的轻。

男人说："请你原谅我。"女人还能做些什么？

男人很聪明，他懂得用这个方法来挑起女人的母性。

面对一个诚心忏悔的男人，女人只有投降。

一句原谅，男人轻轻地说出，落在女人心上，却有千斤重。你肯不肯原谅，他都已经做了，说一声原谅，只是为了爱。

她肯定会原谅他，正如一首诗说："我微笑，是为了你微笑，既然心灵的哭泣是不需要眼泪。"

她的爱情是"我微笑，是为了你微笑"，她流泪，也是为了他流泪，她存在，是为了他存在。爱情的本质是奉献，这一种女人，这一辈子，注定要成全她的男人。

得到一个人

最美满的事情之一是为一个人而做的事，结果得到全世界的赞美。导演为纪念母亲而拍的电影，非常卖座，并且赢得最佳电影。

作家为纪念亡妻而写的小说，不但畅销，更获得读者喜爱，人人感动泪下。

填词人为爱人所写的情歌感动了万千歌迷。

歌星为情郎所唱的歌，如泣如诉，感动了所有听众。

画家为情人所画的肖像成了经典名画。

本来只为一个人而做，却赢得全世界，有什么事比这件事更有出乎意料的惊喜？大部分人所做的事，是刚好相反的，他们为一个人而开罪全世界。吴三桂为陈圆圆而开关，引清兵入中原，结果得不到那个女人，也得罪全世界。

为讨好一个人而刚巧得到全世界是一种幸运。

最凄凉的事是为一个人做的事，得到全世界赞美，却得不到他的赞美。她每天写的小说，都是为他而写的。她希望他会看到，可是，他没有看，其他人看了，纷纷来赞美，全都被故事感动，可是，她最想感动的人却没有感动。得到全世界的认同也太寂寞了。

她失恋之后全心投入工作，她希望他可以看到她努力的成果，她希望向他证实她是一个有本事的女人。结果她扶摇直上，上司赞美她，朋友羡慕她的成就，可是，那个他却全不在乎，他根本不知道她在这几年间吃尽苦头，就是为了要他另眼相看。她是宁愿得到一个人而放弃全世界。

失去时，拥有时

一位来自纽约的读者抄了一篇英文散文给我。当中许多段都很让人感动，其中一段的大意是这样的：

我们往往在失去时才明白自己曾经拥有的东西是这么美的；然而，同样的真理是：当我们能够拥有一样东西时，我们才会明白自己从前失去一些什么。

我们常常说：失去的东西总是最好的，消逝了的爱情总是最刻骨铭心的，离开了的情人是最完美的。你要好好珍惜现在的一切，免得有天会后悔。

是的，有些东西，一旦失去了，不会重来。然而，在计算得失的时候，我们是否想过，你也许一辈子都不知道自己失去些什么？若你没有离开从前那个人，你永远不会知道，原来你可以找到一段更美好的爱情。

假如没有遇到他，你也许永远不知道，你从前所以为的爱情、牺牲、奉献和关怀，原来都是很肤浅的，今天的相遇，让你恍然明白，从前的那几段，原来都说不上是爱情。你从前朝思暮想、不能放弃的人，原来算不上什么。上天多么仁慈，让你终于拥有现在的一切。只差一点点，你便永远不会知道自己失去一些什么。

得和失之间，是多么的惊险？失去时，拥有时，也经过一番风雨。

若即若离

发展心理学家指出女性是天生不忠的。大家可能以为丈夫精子的数量要视距离上次性交的时间有多久,然而,发展心理学家的研究显示,更重要的决定因素是多久没有与配偶见面。一个一周以来没有性交的男子,如果他的妻子是出外公干,他所产生的精子数量会较他的妻子患感冒待在家里为高。那就是说,真正起着决定作用的是女性是否有找寻其他对象的机会。她愈有机会从其他男性身上"收集"精子的话,她的配偶便大量榨出自己的。自然淘汰设计如此精密的武器,证明了这件武器要对付的敌人是女性的不忠。

这个理论没有使我相信女性比男性不忠,相反,揭示了男性比女性更没有安全感。男性想跟女性亲热,并不单单为了爱情,也不是因为思念,而是要战胜其他对手,独占女性。而更重要的,是这个研究启示女性,要令男人爱你,最重要的并不是朝夕相对,而是若即若离。

当女人可以找寻其他对象的机会愈高,她的配偶便愈在乎她。女人患感冒待在家里,他却没有那么紧张,这便是男人。

因此,我忽然明白,令爱情常青的,不是不离不弃,而是离而不弃,要擅用离别。

女人终于很无奈地明白,若想一个男人永远留在你身边,便要常常离开他。

鸡鲍翅还会远吗？

读者抄给我的英文散文，还有以下这一段：

上帝让我们在情路上首先遇到几个错误的人，然后才找到适合的人，也许是要我们感激他。

没有遇过不适合的人，又怎会知道谁最适合自己？

不是曾经错爱几个人，又怎会知道自己终于爱对了人？

当你找错了人，不必灰心，下一个出现的，可能就是你想要的。

两热荤已经来了，鸡鲍翅还会远吗？

我喜欢和朋友到处去光顾一些新的菜馆。每次试到不好的，她会说："早知道就去别的地方。"我的想法刚刚相反。幸好我来试过，我以后不用再来了。如果我从来没有吃过这里的菜，我早晚还是会来一次的。

把所有不适合的人和事一一从你自己手上那张名单剔出来，是很痛快的一回事。以后不用花多眼乱，也不用再贪心了。你已经知道自己喜欢什么，也很清楚自己需要一些什么。

当你找到自己所爱，你甚至不想跟他重提往事。那并不是因为你的过去有什么要隐瞒的，而是那一切根本不值得再挂在嘴边。他是鸡鲍翅，从前的那些，连两热荤都不如，只是酱油。

把女朋友赶走

一个男人正在头痛,不知道怎样可以令女朋友离开他。他跟她交往了几个月,大家有了肉体关系。近来他发现大家根本合不来,他不爱她,但他也不知道怎样可以叫她走,因为她已经住在他家里了。

从前,要一个已经跟你上过床,并且住在你家里的女孩子离开,是一件很困难的事。今天容易得多了。

你稍微不理她,稍微怠慢她,稍微对她不好,她已经会自动离开了。

今天,女人不会再留恋一个对她不好的男人。

没本事没志气的女人才会留恋一个不理她的男人。

世界这样辽阔,她离开这个门口,难道找不到男人吗?即使找不到一个男人,女人自己也可以过得很好,何须摇尾乞怜?女人只要自己感到不受重视,立刻就会挽一只皮箱离开,明日天涯。

反而要当心的是男人,你把一个女人气走了,就不要指望她会那么轻易重投怀抱。男人也不要再指望有本事的女人会乖乖坐在家里等你偷吃回来,然后一次又一次接受你的忏悔。

男人不用头痛怎样把女朋友赶走,他们应该担心一下万一被女朋友赶走怎么办。

后悔和你睡

有些话,你并不希望由自己说出来,譬如这一句:

"和你上床,是我一生最大的错误!"

若要说这句话,也许太悲伤了。

我们多么希望自己与之睡过的,都是自己爱过的人?起码,当时是爱他的,也相信他是爱我的。

后来,我们发觉自己不爱这个人了,我们又多么希望自己从来没有跟他睡过?他是不值得的。如果没有睡过,那该有多好?可惜,有些东西是永远抹不掉的。过去的,不一定是错误,我们还不至于说:"这是我一生最大的错误!"

跟什么人睡过,会是一生最大的错误呢?

应该说是骗子吧!当时的他,根本不爱我。他爱的,只是一具肉体,用来满足他的性欲。但愿我们一辈子也不用对一个男人说:

"和你上床,是我一生最大的错误!"

也是一种祝福

收到一位读者一张图文并茂的电子邮件。内容是这样的:
"我们每天早上起来的时候,都挣扎着不想去上班。
但我们没得选择,于是,我们只好起床梳洗。
去洗手间。
吃早餐。
准备上班。
在办公室,我们工作一整天,还要看到自己不喜欢的人。
和我们最亲近的,是案头上的计算机,它有时却很讨厌。
我们做到想死为止。
工作之后,还要工作。
上床之前,我们翻看日历,渴望周末和假期快点来临。
这便是我们的生活……"
是的,这是大部分人的生活。
然而,有一天,你会发觉,能够这样过日子是多么的幸福。
有所爱的人,有至亲,有工作,有睡觉的地方,有吃的东西,有诉苦的对象,有健康的身体,没有任何的意外……寻常生活,也是一种祝福。

啊！不要长大

有没有想过，我们长大之后，要克服多少事情？格林出版社出版的《啊！烦恼》是英国女作家莎拉米达亲自绘图的作品。这一本漂亮的童话书，写的是成长的甜酸苦辣。

作者说，长大以后，我们要克服的事情包括：

退缩、脸红、害羞、青春痘。

打嗝、被忽视、婴儿肥、乱七八糟不整齐。

吃吃傻笑、害怕异性、绷着脸生气、咬指甲。

盯着东西一直看、挖鼻孔、讨厌牙刷和梳子。

自私、吐舌头、吮大拇指。

乱发脾气、长雀斑。

寻找自我的过程里，我们才知道，长大之后，要面对死亡、要负责任、需要被爱、必须不断对别人解释自己的意思，要在冲动和理性之间作决定。

你呢？你又吃过了多少甜酸苦辣，克服了多少难题？

我们好不容易才克服了婴儿肥，却又明白，每个人终须一死。我们克服了退缩，却被迫面对一些自己不愿意面对的事情，然后，我们又学习去克服。

长大，是一个妥协的过程。

你是聪明的吗?

一项调查说,小学生因为觉得自己不聪明而失去自信心。

成人又何尝不是这样呢?

我们总是希望自己比别人聪明。当我们发觉自己不聪明,甚至有点蠢的时候,我们是多么的难过?

我们一生之中常常努力去证明自己是聪明的。我们经常挂在嘴边的一句话是:

"不要以为我很蠢!"

我们多么害怕别人不知道我们是很聪明的?

谁有资格去判断哪个人最聪明呢?

我们曾经以为考第一的人最聪明,然后,我们才发觉,他们也许只是勤力而不是聪明。聪明的人是考不到第一的,他们太心野了,往往无法集中注意力。

长大之后,我们用事业的成败来判断一个人是否聪明。最后,我们又发觉运气也许比聪明更重要。

原来,爱情最公平。无论你有多聪明,你也有机会被人抛弃。再聪明的人,在恋爱的时候,也会变成一个笨蛋。

聪明只是使我们自我感觉良好。聪明的人,不一定有成就。聪明的人,也不一定幸福快乐。愿与所有自觉不够聪明的人共勉之。

他不陪你吃饭？

男朋友今天晚上又不陪你吃饭。他有工作要做，他有不能推掉的应酬。那怎么办？

与其发脾气或凶巴巴地骂他，不如想法子令他内疚。

他在电话那一头说：

"你自己吃点东西吧。"

那么，你就告诉他：

"我不吃了。"

"你肚子不会饿吗？"他问。

你轻轻地说："你不陪我吃饭，那么吃饭就只是为了活着，有什么好吃？"

虽然很肉麻，但男人听到了，一定会立刻膨胀好几倍，觉得自己很伟大。以后，他会尽量陪你吃饭。一旦为了其他原因不陪你，想起你说的话，他会内疚的。

假如他说：

"你自己吃点即食面或是什么吧，总之不要挨饿。"

你便可怜兮兮地说：

"没有你陪我吃，再好吃的东西也没有味道。而且，我不习惯吃饭时要自己夹菜。"

他一听到你这样说，心都软了，以后会尽量抽时间陪你。

他不陪你吃饭？嘿嘿，你就要他内疚死。当然，你不用真的不吃饭。

永远的地址

地址是愈短愈尊贵的。美国总统的地址是"白宫",英国首相的地址是"首相府"。人要很努力向上爬,或者运气好,才有一个简洁的地址。

有朋友在搬家之后最开心的是以后的地址只需要写××道××号,不用再写哪一区哪条街哪幢大厦哪一座哪一室,以后写地址可以快一点,尤其是抽奖的时候。

有没有想过,你其实还可以有另一个地址?

他的胸怀,便是你的地址。

人家问:"你住在哪里?"

那个时候,幸福的女人可以微笑着,在心里说:"'喔,我就住在陈××'。"

那么,他的地址呢?

当然也是我的名字。

我们寻寻觅觅,希望找到一个永久的地址。这个地址是简洁的、独一无二的。

结婚的那一刻,那个地址就登记在我名下,无论疾病痛苦,我不会搬出去。

所谓"家",所谓"安乐窝",是有一个温暖的怀抱在等待着归来的人。

人在世上,毕竟是客旅。离开的那一天,我们的地址更简洁。不用我说,你也知道是哪里。

活着的时候,你曾否好好珍惜那个因为爱而得到的地址?

检查他的浴室和厨房

男人的家,不单反映他的品味,也反映他的私生活,女人第一次到有好感的男人的住处,务须观察入微。

首先,留意他的浴室里有没有女人用品。

如果浴室里有一顶浴帽,别相信是他自己用的。有两只牙刷的话,一定是有女人留宿,别相信他用另一只牙刷刷指甲。

留意浴缸或地上有没有长发或鬈曲的头发遗下(男人本身留长发或烫了发则例外),然后,不妨检查一下他的污衣篮内有没有女装内衣裤,如果没有女装内衣裤,则看看他穿什么男装内衣裤,如果全是鲜红色三角裤、花内裤或 G 弦内裤,这个男人一定是有性没爱的,快走!

离开浴室,便应该到厨房去。他不爱煮食,却有一条女装围裙,这间屋一定有女主人。

洗碗盆里放满用过未洗的碗碟,碗碟内的剩菜残羹已经开始发酵了,这么肮脏的男人怎要得过?

接着,打开冰箱看看,里面放满一瓶瓶护肤品,这间屋怎会没女人留宿?

再留意护肤品的牌子,若全是高级货,这个女人应该是美女,若全是廉价货,一定是个丑女。

万一他说护肤品是他用的,那就更可怕。

检查他的书房和客厅

检查过男人的浴室和厨房，便轮到他的书房了。

他连书房也没有，肚里会有多少墨水？

书房是有了，但是书架上只有寥寥几本书，除了写真集之外，什么也没有，这个男人会有多少内涵？

他的书架上放满书，既有世界文学，又有整套百科全书，别开心得太快，检查一下那些书，书上一点折痕和翻过的痕迹都没有，像新的一样，那么他不过是装模作样罢了。

离开书房前，别忘记看看他用什么日历。

把那种穿三点式泳衣，"波涛汹涌"的写真女郎月历挂在墙上的，一定是个色情狂。

走出客厅，发现他家里连一份报纸也没有，他是个不看报纸的人，言语一定乏味。

他的电视机旁边放的录像带，全是 X 级的色情片，你要对他重新估计。

然后，不妨检查他的鞋柜，一打开鞋柜，一股臭味扑鼻而来，这么不卫生的男人，最好远离他。

若鞋柜没有臭味，就看看他把鞋子穿成怎样。好端端一双皮鞋，他穿完之后，前后左右扩阔了半寸，鞋尾压扁了，鞋跟没了半边，这样蹂躏一双鞋的男人，你怎可能把自己交到他手上？

你会问："睡房呢？"

第一次到男人的住处，还是别在他的睡房里停留太久，况且有备而战的男人也不会在睡房里留下蛛丝马迹。

微妙的巧合

回到办公室，看到一份礼物放在我的桌子上。我打开来看，是一个很漂亮的旋转木马八音盒，一位读者送来的。这个男孩子七年前还是一个中学生，他每年书展也会来找我。有一年，他告诉我，他考上大学了，念医科。去年，他告诉我，他今年开始实习了，不知道书展还能不能来。今年我没去书展，他去了，找不到我。

看着他写给我的生日卡和信，我感动得说不出话来。他告诉我，他已经当上实习医生了，工作很辛苦，试过连续值班三十二小时。他又告诉我，他有一个很要好的女朋友。

写作的快乐，是拥有知音。

我有什么可爱呢？却有人这样爱我。七年漫长的岁月里，我们在文字里神交。

我想起另一个读者，假如她还在的话，我们也认识七年了。她两年前在一宗车祸中去世，永远停留在二十三岁。我在报纸上看到报道，赶去医院，已经看不到她最后一面。

这两人并不认识，却有一种微妙的巧合。一个消逝了，另一个，从今以后，将会拯救别人的生命。

在我写给他的信上，我鼓励他："无论将来遇到什么困难，不要忘记你当初为什么想成为医生。" 同样的说话，也有人跟我说过。当我爱得很迷惘的时候，关心我的人安慰我说："你们当初为什么要在一起？"

这句话，让我在夜里思潮起伏，往事笼上心头。

人与另一人相爱的时候，总会联想到死亡。生命终将消逝，我们在一起，是要同度这短暂的人生。

年龄的秘密

对象的年龄是否一个问题,那得要看你是什么年纪。

三十岁之前,男人的年纪对女人来说,完全不是问题,只要她喜欢就可以了。假使她疯狂地爱上一个男人,她甚至不介意他的年纪足以做她爸爸。这一段年龄的距离,也正正是爱情的见证。明知道他多半会比她早一步离开这个世界,不可能跟她长相厮守,但是,她只要曾经拥有也就无憾了。

当她的年纪大了一点之后,她要她爱的那个人保证,他不能比她早死。

既然不能比她早死,那么,他最好也不要比她大太多吧?要一个比她大三十年的男人不能早死,那未免强人所难。这个时候,年纪虽不至于是个问题,但绝对是个考虑。

当她过了三十岁,或者更大一点,她爱的那个男人,年纪便不能比她大太多了,而且最好是看上去能活得久一些的。

长寿或短寿,外表看不出来。生活习惯虽然有影响,可是,不烟不酒,没有任何不良嗜好的人,也可能会早死。她只能从他的体魄和生活方式去猜测。这些猜测并不准确,最后,她还是凭直觉的。

当她要从两个或几个男人之中拣一个下半辈子的伴侣,而他们的条件相差不远,那么,毫无疑问地,她会选择看上去会长命的那个。

这或许是一种很原始的选择,女人需要一个能在危难时保护她的男人,男人则希望物种永续。当你问女人:"年龄是个问题吗?"那就等于窥探她年龄的秘密。

你无辜的眼睛

女孩说,她喜欢有一双无辜眼睛的男人。

怎样的眼睛才算无辜?可以想像,却无法言传。

无辜的眼睛,也许在小狗身上会比较容易找到。小狗的眼睛,通常只有两种:蠢和无辜的。

我喜欢蠢一些的小狗。男人的眼睛,当然不可以蠢。

迷上无辜的眼睛的女人,也许都是喜欢照顾男人的。你决不会找个无辜的男人来照顾你吧?无辜是少年的眼神,是柔弱的,是让人心软的。你很想知道,他干嘛这么无辜。

我不会自找麻烦,我不爱无辜的眼睛。我喜欢的眼睛是有智慧的、深情的、正派的,不要会笑的眼睛。会笑的眼睛,都是花心的。

我喜欢有神采和内涵的眼睛,最讨厌是游离不定的眼睛。说话时,总爱东张西望,从来不敢正视别人,这种眼睛的主人,都是心术不正的。

我喜欢理性而又感性的眼睛。他有理性的光辉,也有感性的时刻。

我喜欢黑白分明的眼睛,不要混浊的。

不喜欢老谋深算的眼睛,也讨厌色迷迷的眼睛。太锐利的,也有点吓人。

然而,不无辜的眼睛也有无辜的一刻,当男人背叛了女人,他向你忏悔的时候,你从没见过这么无辜的眼睛,而他明明不是无辜的。

空眼与淫眼

美丽的眼睛可以有千姿百态，有人说水汪汪的大眼睛漂亮，也有人喜欢灵巧的小眼睛，但大家都不会否认，情人望你，跟你望情人时的眼睛，是世上最动人的。

至于丑陋的眼睛，也有千百种姿态。

一个女人说，当她的男人在床上跟她说"我已经不爱你"那一刻，她才惊觉他有一双很薄幸的眼睛，也许以前总是跟他靠得太近，她看不清楚。

男人的眼睛，应该像海洋，深不见底，内涵丰富，那是最好的，在那样深的眼睛里，女人可以在他的世界里徜徉。

万一男人的眼睛像溪涧，那就糟了，虽然同样是水，但是溪涧的优点是清澈见底，一眼就被人望穿，没有什么内涵。

一个人的眼神，正好反映他的才智学识，是有一种男人，他的眼睛并不丑，形状甚至很迷人，但是你一眼望去，他的眼睛好像什么都没有，空空洞洞，笨得可以。他们那双眼睛，像贴纸一样，是贴上去的，没有灵魂。

除了"空眼"之外，男人最丑陋的莫过于拥有一双淫眼。有些男人的那双眼睛，就像两面挂着淫字旗的放大镜，即使面前的女人穿着衣服，他也好像能够一眼望穿对方，眼神早就穿过她的衣服，看到她的裸体。

遇上这一种淫眼，不要手软，应该插他眼珠。

爱的游戏

有一件事情是我一直想做的：找一个晚上，打电话给我亲爱的恋人，满怀罪咎地告诉他：

"对不起，我……昨天……结婚了。"

他听到了会有什么反应？是长长的沉默、震惊得说不出话来，还是会伤心地质问我：

"你跟谁结婚了？"

然后，我笑着说：

"是骗你的啦！傻瓜！"

有一个情景是我时常幻想的：

夜里，我打电话给我亲爱的恋人，说："我肚子饿。"

"我买点东西给你吃吧。"他说。

"不用了，我不想吃。"

"我买给你吧，你想吃什么？"

"算了，我不想吃。"

"什么都不吃？"

"不吃。"

一个钟头之后，我打电话给他，质问他：

"你为什么不买东西来给我吃？"

"你不是说不想吃的吗？"

"我是不想吃，但你还是可以买给我的嘛！"

以上那件事情和那个情景，我终究没有做出来，因为毕竟太不道德、太任性、太变态了。然而，光是想着，也觉得幸福，因为我知道，在某个地方，有那么一个人这样爱着我。爱不是游戏，但是，爱是有一个人肯陪你玩无聊游戏，而且，他竟然还觉得你有趣。

Why you? Why me? Why not?

我们这一生常常会问两个问题：

Why you?

Why me?

当一段爱情开始的时候，我们会禁不住问"Why You?"，千万人之中，为什么是你？我也许爱慕过别人，但是，他们并没有爱上我，只有你不一样。终于，我恍然明白，你才是冥冥中注定的那个人，其他的人，都只是为了恭迎你的出场。

为何是你，爱我如此之深，使我含笑惊叹"Why you?"；又是什么驱使我们对一个人如魔似幻的向往？

然而，当一段爱情完结的时候，我们却也曾不甘心地问："Why me?"为什么是我失恋，而不是别人？我做错了什么，你要这样对我？

第一个问题跟第二个问题，永远不会有答案。然后有一天，我们会问第三个问题："Why not?"——为什么不能够有这种爱？那个晚上，我在家里看一套电影《De-lovely》（谱出爱恋曲），聪明剔透的女主角从一开始就对她的音乐家丈夫说："你不用像我爱你般爱我。"终其一生，她忠于自己这句话。

曾几何时，某个人对我说："你是不爱我的，但我爱你。"那时候，我还不能够理解这种感情。因为，我从来不会爱一个不爱我的人，我也不会爱一个他爱我不像我爱他那般的人。直到这夜，看着一幕幕精彩动人的戏，我突然明白，"你是不爱我的，但我爱你。"是多么浪漫和高贵的一种爱情。

事到如今，我得承认，我是不懂爱的，我也不够高贵；但是，我是被很高贵的人爱着。

第五章
爱情权力榜

营养一段爱情的,从来不是时间,时间只是营养感情。营养爱情的,是感觉,营养感觉的,是还未到手的东西。

你还记得他的生日吗?

你现在的男朋友或女朋友是哪一天生日,属于什么星座,你当然记得,以前那些呢?

你曾经死心塌地爱他,被他抛弃后,痛不欲生,许多年后,你竟然忘记了他在哪一天生日。

S正在研究男朋友的太阳星座和月亮星座,她一边看一边微笑说:

"原来我和他的月亮星座是一样的,怪不得我们那么合得来。"

我问她:"你以前那些男朋友是什么星座的?"

她茫然。她连他们在哪一天生日都忘了,只依稀记得是哪个月。

她试过在分手一年后打电话给旧男朋友,跟他说:"生日快乐!"他说:"谢谢。"

挂线后,她才猛然想起他不是这一天生日的,正确日期应该是上星期。

她曾经多么爱他,离开他时,她把最心爱的八音盒留下,期望他回心转意。

后来,她竟然忘了他在哪一天生日,也不再关心他属于哪一个星座。

而他,当然比她更快忘记对方的生日,他只是在一月一日打电话跟她说:"新年快乐!"新年一定不会弄错。

我们只在爱着对方的时候,才牢记着关于他的一切。分手后,我们甚至连他的电话号码都无法想起来。别说你爱得深,过后也许是个笑话。

盟约

一个有夫之妇与一个有妇之夫发生了一段婚外情，两人约定，各自回去跟配偶离婚，然后双宿双栖。女的很快就跟丈夫离婚，与男的租房同住，那个男的，却拖延不与妻子离婚，女的气愤之余寻死。

女人最愚蠢的事是跟一个已婚男人共订盟约。

在了断一段婚姻时，女人往往比男人决断和爽快，女人可以为爱情不惜一切，为一个盟约而勇往直前。但男人却婆妈得多，当女人犹豫，他们显得很勇敢，当女人勇敢，他们反而会显得犹豫。

当他答应回家离婚，跟女人双宿双栖时，只是一时被爱情冲昏了头脑，以为这个盟约是两个人之间的甜言蜜语，没想到对方会当真。

当男人回到家，看到妻儿，他便立即变得婆妈。男人是多妻动物，在他伟大的爱情里，妻子从来不是一个障碍。何况，外面那个女人，已经跟丈夫离婚了，没有退路，不能回头，一心一意地爱他，他还有什么需要离婚呢？

只有天真的女人，才会相信盟约。

这个男人或许不是想背信弃义，而是他无能力不背信弃义。

从来，重视盟约的是女人，盟约是将来的事，女人盼望一段爱情不老，于是以盟约维系之。

但男人的盟约只是权宜之计，不过是一种手段。

醒悟

爱情令人悲哀的地方，是无论你曾经多么爱一个人，总有一天，你会嫌弃他。

你曾经仰慕他的才华，欣赏他的执著，多年以后，你却嫌弃他固执而没出息。

你曾经欣赏他重情义，喜欢他细心，后来却嫌弃他婆妈、嫌弃他唠叨。

你曾经为他每天也说一句"我爱你"而感动，然后，你竟然嫌弃他对你说这句话。

你曾经欣赏他热爱家庭，有一天，却嫌弃他太多时间留在家里，霸占了你的空间。

你曾经说过年龄不是问题，你早有心理准备，他会比你早一步离开这个世界。然而，时日过去，你却开始嫌弃他年老，你忘了自己许下的承诺，忘了自己曾经多么害怕他会死。

你曾经多么不介意他与前妻所生的儿女，你甚至努力讨好他们，可是，有一天，你却嫌弃他带给你做后母的痛苦。

你曾经毫不介意他的长相，有一天，却嫌弃他的外表，觉得他真的配不起你。

你曾经怀念他在床上带给你的欢愉，然而，从某一天开始，你却嫌弃他碰你。

最悲哀的，是女人虽然善于爱，也善于嫌弃。首先嫌弃对方的，往往是女人。

男人嫌弃那个跟他一起生活多年的女人，是无义，女人嫌弃男人，却是一种醒悟。

啊！原来是醒悟。

在这个细小的都市里

署名老鼠的读者说,她丈夫要跟她离婚,其实她对他已经没有什么感觉了,她早已经将感情转账到另一个男人身上。然而,她不想离婚,因为她不习惯一个人睡。

她说:"也许你会觉得我花心,在这个细小的都市里,谁不想有一幢自住的房子,另外又有一幢用来收租的房子?"

原来男人不过是女人的房地产。

是的,在这个细小的都市里,爱情、婚姻、男人,都不过是投资。

每个女人都希望找到一只蓝筹股。

哪一个女人不希望自己的男人是一张没签账限额的信用卡或是一张自动提款卡?可惜,某些男人只不过是商店的折扣卡。

女人都希望自己的男人是名厦豪宅,她住在里面,也觉得自己高尚而尊贵。可惜,许多男人连一张床都不是。

女人把青春和感情投资在男人身上,多么希望利息是复式计算。

感情可以转账,婚姻随时可以冻结,激情可以透支,爱情善价而沽。

是的,这就是我们的生活。

在这个细小的都市里,男人不过是其中一种投资工具。

离开女人的手法

某君在我眼中奇丑无比，学识不见得比人高，人品又不见得好，家财更欠奉，可是，每一个跟他有过一段情的女人都对他念念不忘。

A与他相恋四年，分手四年，到现在仍然渴望跟他重拾旧欢。

B与他相恋两年，分手后曾经跟几个男人恋爱，但在她心中，这些男人都比不上他，继续这样下去的话，B只会孤独终老。

C最死心不息，跟他分手后，明知他已经有女朋友，依然时常找他，甚至不介意做一夜情人。其他人说这个男人的坏话，C统统听不进耳里，并警告朋友："你们不要说他坏话，无论如何，我也不会恨他。"

当然还有 D、E、F 等等。有两个女人，虽然先后跟他分手，大家都得不到他，却仍然为他勾心斗角，各自以为自己和他的那一段情是最刻骨铭心的，自己曾经是他最爱的女人。

这个男人如斯受欢迎到底凭什么呢？

原来他每次始乱终弃的时候，都表现得很痛苦、沮丧和消沉，他跟女人说：

"我无法跟你共度余生。"

不是不可以一起生活，而是不可以共度余生。

他曾想过跟你共度余生，多么天长地久！分手的时候，他并不快乐，女人于是相信，不是他始乱终弃，他是含笑饮毒酒。

原来，追求一个女人的手法不须太聪明，但离开她的手法必须聪明绝顶。

句号,不是由你来画上的

做了第三者一年多的女孩子来信问:"我和他是不是应该画上句号?"这个问题有点多余。爱情要完结的时候自会完结,到时候,你不想画句号也不行。

当你怀疑是否应该主动画上句号,你根本就舍不得,也没法子画上这个句号。那么,你只有两个选择,就是让别人来画上句号,或者让这段情自己走到末路。到了末路,那个句号自然会出现。每一段情,始终会有句号。

不知道你是否相信,爱情会自然死亡。许多的抱怨、误解,加上残酷的岁月,多么璀璨的爱情也会走到穷途末路。你要苟延残喘,直到咽下最后一口气,还是让它安乐死,结果都是一样。

既然如此,你根本不必犹豫什么时候画上句号,那个句号要来的话,你想挡也挡不住。我们唯一可以做的,只是尽量拖延,像一千零一夜那样,千方百计不让那个句号出现。如果你能够拖到入土为安的那一天,你的伟大,实在不亚于爱因斯坦、牛顿和亚里士多德。

拖延句号,唯有多用一些逗号,尽量让关系像一句没完没了的句子那样延续下去。然而,我们用得最多的,也许是省略号。真想痛痛快快地骂他一顿,把积存多年的怨气统统发泄出来,骂走了他也没什么大不了。可是,回心一想,他走了,说不定来个更差的。好吧,把骂他的说话省略算了……

爱上了另一个人,很想离开原本那个。可是,偏偏又放不下多年的感情,毕竟,那段一起成长的岁月,没有人可以代替。离开熟悉的人,投向另一个人的怀抱,万一错了怎么办?于是,只好把第三者从生命里省略去吧。

Call Waiting 情人

香港电信近年最伟大的贡献，我认为是 Call Waiting。爱煲电话粥的人可以放心煲电话粥而不怕其他电话打不进来。

有好处自然也有坏处。如果你本来是首先打通电话的人，正跟主人家说得兴高采烈，突然有另一个电话打来，主人家接通那个电话之后叫你稍候，那个人竟然迟来先上岸，便是你的重要性明显比不上他，真的不是味儿。

万一主人家根本忘了你的存在，电话一直没有接回来，便更加生气。在这个时刻，仍然肯等三十秒的，修养已是十分好。如果肯等一分钟，阁下不是有问题便是已经成佛。

Call Waiting 服务又衍生了一种 Call Waiting 情人。一个男人可以同时跟两个女朋友在电话里谈情，左右逢源，神不知鬼不觉。

他跟这个谈了一会儿，便说："有电话打进来，你先等一会儿。"然后，他再跟另一个情话绵绵。不一会儿，又用同一个借口，跟原本的那一个喁喁细语。两个女人都以自己是男人临睡前跟他谈心的人。

有人更将 Call Waiting 活用于情场上。他首先 hold 住一个固定的男朋友或女朋友，再结交其他异性，陪不陪这些人，就等于接不接第二个来电，完全由自己控制。

明知对方用 Call Waiting 方法谈情，仍然痴痴地等的可怜虫，是 Woman Waiting 和 Man Waiting。

他思念的，只是……

一个女人来信说，与初恋情人分手多年，一直以来，都听到身边的人说，男人仍然很挂念她。事隔十多年，她又再听说他在思念她，她很感动，以为可以重新开始，于是主动去找他，结果却令她失望和愤怒。

他对她很冷淡。她的关心，他视为骚扰。

他从前不懂珍惜的，今天也不会珍惜。

他的思念，只是装模作样。

他只是懊恼自己，而不是仍然爱着她。

当男人说，他很怀念初恋，他无法忘记初恋情人，他觉得对不起初恋情人，他对那一段初恋很遗憾……我们应该清楚，他的重点，不是那个和他初恋的女人，而是男人自己在初恋时的表现。

他念念不忘初恋，不是忘不了初恋情人，而是忘不了自己在初恋时糟糕的表现，如果再让他来一次，他一定可以表现得更好。

他对初恋遗憾，不是对旧情人遗憾，而是对自己遗憾。他第一次接吻时真是失礼，他第一次牵女孩子的手时真是笨拙，他第一次跟女孩子约会时大出洋相，他第一次跟女孩子吵架时太小器。男人放不下的是这些，而不是那个女孩。

他思念的，不过是自己的形象。

你一定是对的

当你疯狂地爱着一个人而所有人都说你是错的,你不必相信自己是对的。错又何妨?

当你离开一个人而所有人都说你是错的,你必须相信自己是对的。错了又怎样?已经不可能回头。

有人在跟旧情人分手以后,不停怀疑自己是否做对。自从离开他之后,她没遇过一个比他好的男人,有了比较,她才知道自己当初不懂珍惜,她开始承认自己做错了。

这不是自讨苦吃吗?不如相信自己一定是对的。

一定是他有许多缺点,一定是你们无法相处,你才离开他。你不是一时冲动,也不是对他太苛刻,你这一辈子做得最对的一件事就是离开他。

你必须这样相信,才是爱自己。

午夜梦回,觉得寂寞和后悔的时候,你要再一次告诉自己,离开他是对的。只有这样坚定不移,你才能够摆脱他,找到一个比他好的男人。

事实上,你不一定是做错了,每当我们做了一个抉择,我们总会怀疑自己是否应该选择另一种做法,却不知道根本不可能再选择。凡是不能回头的爱,你也应该相信自己离开得对。

不变心的情人

我们常常问自己爱的人：
"你会不会变？"
我们害怕他会变心。我们害怕爱情会变。
首先改变的往往不是一个人的心，而是他对事情的看法。
两个人相爱的时候，大家对事情的看法几乎是一致的。因为看法一致，所以我们更珍惜对方，更觉得这段爱情是不可多得的。
然而，当其中一方成长得比较快，两个人对事情的看法也开始有点差异了。以前，当他说："我觉得这件事情……"她会点头同意，说："对呀，我也这样认为。"
而今，当他说"我觉得这件事情……"的时候，她会摇头说："我不同意你的看法。"
他觉得她不再崇拜他，不再欣赏他，不再像以前那么爱他。其实她还是爱着他，她没改变，只是她对事情的看法改变了，而他却没有改变。两个人的差异愈来愈大，对事情的看法愈来愈不一样，她开始重新考虑他是否那个陪她一起走人生路的人。她对他的爱渐渐改变，她的心开始变了。
首先变的不是爱情，而是观点。想情人永不变心，你要不断重新认识改变了的对方，重新欣赏改变了的对方。

书和人的回甘

有些书很奇怪,看第一次的时候,不觉得好看。当你在脑海里一次、两次、三次的回味,却会发现这本书很好看,你迫不及待把书拿出来再看一遍。

一些我们吃过的食物也是这样。吃的时候,你不觉得特别好吃,过了一些时日,你却愈来愈回味,愈想愈好吃,好想再吃一次。

有些人也是这样。跟他一起的时候,你不觉得他好,离开他之后,往事在你脑海一次又一次的重演,每当你寂寞或失意的时候,往昔的记忆又再浮现。经过那么多的时日,你才知道原来他很好。当你再回味、再咀嚼,原来只有他,经得起时间的考验。

他从前所做的事,都是为了你好,为什么你现在才明白?

你从前不明白的,现在终于也明白了。

你从前天天跟他吵,现在才发觉即使在吵架的时候,他也是可爱的。

跟一个人一起的时候,我们不会回味他的好处。只有在吵架之后、在分开之后、在遇到比不上他的人之后,我们才愈来愈回味。可惜,也只能回味。

喝红酒的人有所谓"回甘",那一口酒,经过口腔,滑过喉咙之后,犹有芬芳,令人回味。有些书、有些人,也有回甘。

一辈子饮恨

曾经有一位美人说，美丽是一种负担。要时刻保持美貌，当然是一种负担，可是，很多女人都但愿能拥有这种负担。

旧情人也是一种负担。这种负担大部分女人都有。为什么是负担？你要时刻保持美貌，预备有一天在街上遇到你的旧情人。

一个女孩子来信说，那天她刚好穿了一套旧衣裳和一双破旧的皮鞋，丝袜又刚好勾破了。她放在皮包的脸油纸也刚好用完了，她脸上满是油光。偏偏就在这个时候，她跟她的旧情人擦身而过。她想假装看不见他，但他看到她了。

她已经不爱他，正因为她不爱他，她才不可以让他看到她这副糟糕的模样。她不停地责备自己，她说，再见旧情人，不是应该让他看到她漂亮了许多，让他怀念她的吗？

是的，她说的全对。每个女人都希望旧情人后悔。每个女人都幻想与旧情人重遇的一刻，旧情人对她刮目相看，重新燃起欲念，然后她高傲地拒绝他。

为了旧情人，我们必须保持最好的状态。我们绝对不能让自己变丑和变胖。即使变老了，也不能变得比他老。你不一定有机会碰到他两次。第一次没作好准备，也许就会一辈子饮恨。我们要努力使自己漂亮，让他饮恨。

他有没有伤害了你？

一个女人谈起她的旧情人们，她说："他们都伤害了我。"在座一个男人问她："他们怎样伤害你？"她说："就是伤害了我。"男人不太明白，再次问她："是怎么伤害？"女人急得快要生气，按胸口说："就是伤害。"

爱情受伤跟身体受伤不同，不会有一个创伤报告。说一个男人伤害了她，那不一定说是一件事，那是很多事情加在一起的。譬如说，她对他有某种期待，他做不到。寒夜里，她想他来见见她，他却说不来了。沮丧的时候，她想他对她说几句鼓励的说话，他却吝啬。快乐的时候，她想和他分享，他却不能立刻赶来。这都是伤害。

又譬如说，她很努力工作，别人都称赞她，他却说："你真是幸运。"虽然知道他不是故意的，但她的心的确很痛。她在追求自己的理想，她以为他也跟她一样，他却忽然说："原来你还相信理想？没想到你一把年纪仍然这么天真。"那种冷嘲热讽，是很深的伤害。

男人对女人的伤害，不一定是他爱上了别人，而是他在她有所期待的时候让她失望，在她脆弱的时候没有扶她一把，在她成功的时候竟然妒忌她。这种种伤害，要怎么说呢？一开口就想哭。

粗糙的告别

相恋的时候,我们总是害怕有一天会分手。我们会想像分手的情景,然后难过得哭起来。然而,我们想像中的分手是很美丽的:

我们会相拥痛哭。

我们会互相祝福。

我们会互相鼓励。他会说:"我不在你身边,你要学习照顾自己。"她会说:"没有我在身边,你要努力工作。"

我们会依依惜别,也许还会最后一次温存,然后一辈子记着这最后一晚的温柔。

我们会有一个深深的长吻,她永远记得他舌头的温度。

道别的时候,她会说:"我这一辈子也不会把你忘记。"他会说:"你仍然是我最关心的人。你什么时候需要我,我会立刻来到你身边。"

然而,现实里的告别,却是粗糙的。他昨天还好端端,今天却说自己爱上了别人。你们不会互相祝福,这太虚伪了。你们不会相拥痛哭,因为只有你一个人在哭。你们不会互相鼓励,你想他死。你们最后一夜的温存,糟糕到不得了。你们也没有深深的长吻,他的舌头是冷的。你们道别的方式,是他不辞而别,或者是你静悄悄搬走放在他家里的东西。

爱情永远是想像比现实美丽,相逢如是,告别也如是。

我的电话号码还是跟以前一样

可移植性电话号码实施，那就是说，只要你愿意，而又按时付款给电话网络商，你便可以永远拥有一个电话号码。

永远拥有一个电话号码，便可以一生守候一个人。

虽然已经分手那么久了，有一天，他忽然想起你，只要拨出你以前给他的电话号码，仍然可以找到你。

从前，即使那个网络商的接收多么差劲或者服务费多么昂贵，你还是不肯改用另一个电话网络商。你要等一个可能永远不会打来的电话。

别人保留电话号码是为了方便，你却是为了一个希望。多年没有他的消息，一条电话线，是最后也最渺茫的一个希望。

万一有一天，你在街上碰到他，你可以含蓄地告诉他：

"我的电话号码没有改。"

如果他记得，他也许会打来。那么，你们的故事或者会继续。如果他忘了你的电话号码，你也就应该死心了。

我们无法永恒地拥有一个人，却可以恒久地拥有一个电话号码。

你会打电话来吗？我的电话号码还是跟以前一样，永远守候着你的声音。

不是怎样，是必须

一个女孩子来信问：

"失恋之后，怎样再建立自信心？"

失恋之后，不是"怎样"，而是"必须"建立自信心。

他不爱你了，你唯有尽快爬起来。与其坐在那里思考"怎样"建立自信心，不如告诉自己，你"必须"有自信，知道了这是"必须"的，你便会想到方法去建立自信心。

生活中，有些事情是"必须"的。

你不是必须要爱一个人。

你不是必须要受委屈。

你不是必须要随俗。

你不是必须要撒谎。

然而，你是必须爱自己。

你是必须相信自己；尤其是只剩下你一个人的时候。

有一些坚持，是必须的。

你可以只穿某一种风格的衣服。

你认为幸福是必须有某几个条件——譬如一个家、一碗热汤、一堆食物、几本书。

有些事情，你是绝对不会妥协的。你的幸福和快乐，是你必须坚持到底的。然后，你才去想，怎样可以幸福和快乐。

有自信的人，是比较快乐的。这不是怎样的问题，而是必须的事情。

上面还是下面

　　A君怕老婆，但又生性风流，常常出去找女人。老婆拿他没办法，又没证据，于是每次他夜归、整夜不回家或者身上有其他女人的味道，她就怒火中烧打他。

　　动手之前，她会让他选择打上面还是打下面。

　　如果打上面的话，脸孔被打得青一块红一块，别人一看就知道他被老婆打，他还有什么颜面出去见人？泡妞的时候，那些女人看到他的样子，知道他有一个这么凶的老婆，才不敢碰他。

　　苦苦思量，权衡利害之后，他让老婆打他下面。打下面的话，没人知道被老婆打过，他还可以保留一点颜面。而且，如果他下面被打伤了，不能尽丈夫的责任，他老婆也会失去一些欢乐，所以他相信老婆如果打他下面的话，一定不舍得出手太重，打上面则很难说。于是，他悲壮地挺起胸膛，闭上眼睛说："请打我下面！"

　　所谓痛苦的抉择，大概就是一个男人要在刹那之间决定舍上面，救下面，还是舍下面，救上面，如同秃头的男人要决定吃不吃一只据说很有效但是有可能导致阳痿的生发药一样，要上面还是要下面？男人的抉择，总是悲壮的。

十四年的耽误

一个男人跟相恋十四年的女朋友分手,大家都认为他辜负了这个女人。

他可以不爱她,可以认为她不适合自己,可以发现无法与之终老,千错万错,却是在十四年后才表态。

但男人不同意。他以为他用了十四年时间去爱一个他本来不爱的女人,他用了十四年光阴尝试与之终老,最后发觉无能为力,他才放手。

他曾经付出这样的深情,他曾经放弃生命中其他女人,愿意付上十四年。女人应该明白他。

但女人不明白,女人恨他。旁人也不明白,旁人说他无情无义。

男人心里很难受,他不想再虚耗她的岁月,他及时释放她,愿望她还能找到一个爱她的人,女人却不领情。

男人说:"难道男人的十四年青春不算数?难道只有女人才会衰老,男人却不会?我同样付出了十四年!女人的寿命比男人长,我们的牺牲不会比女人少。"

但,我们的社会总是以为,一段经年累月的爱情,如果惨淡收场,对女人,是耽误,对男人,是经历而已。

如果不打算跟一个女人结婚,请不要爱她。女人的寿命比男人长,因此,她有更多时间恨你。

失意比失恋严重

几年前,A 跟闺中密友 E 同时处于感情灰暗的日子。E 发现男朋友不再爱她,提议一起去自杀。那时,A 不想。

过了不久,轮到 A 跟男朋友分手,A 告诉 E,现在可以一起自杀了。那时候轮到 E 不想,E 说:

"他最近待我很好,我暂时不想死。"

由于彼此伤心和绝望的时刻一直不配合,一对知己始终没有死去,今天细说从前,都当成笑话。如果再失恋,也不会寻死,只是当时年轻,太任性,以为可以不负责任地死去。

女人连寻死这回事都可以相约一起去做,相对地,男人便孤单得多了。一个三十四岁和一个三十三岁的男人,最近不约而同地失恋。

我从来没想过男人失恋会悲凉到这个境地。他们都说想自杀。其中一个说,年轻时失恋,以为那是人生必须经历的挫败,输得起。以三十三岁"高龄"才失恋,却苍凉死寂,非常无助。

他强调,他不是失恋,他是失意。

是的,失意比失恋严重。失恋是一段爱情遭到否定,失意却是否定生命与现状,失却平生意。

我忽然理解,男人结婚,是因为疲倦,三十三岁的男人太疲倦,宁愿结婚也不宁愿失恋。

女人也是男人的际遇,尤其在他不得意的时候。

他不禁怀疑,他失去她,是否因为他不得意。因此,他格外失意。

复仇的小丑太苍老

对于某些人来说,一段爱情里,最刻骨铭心的,不是那些甜蜜的岁月,而是突如其来的创伤。因此,突然被女朋友抛弃的C,像一头受伤的野兽在悲鸣饮泣。一位朋友安慰他:"你这段感情才四个月,我七年的感情也要分手,不是比你更难过吗?哭的那个应该是我。"

C不以为然说:"你恋爱了七年,分手也很应该,但我才四个月。"

一切在意料之外,因此格外难受。

他一边淌血,一边想出种种复仇的方法。这一夜,他把她叫出来。他买了花给她,又终于找到一个悲泣的小丑娃娃,他决定要她为这份深情内疚。

可是,见面的时候,他忍不住骂她。她一直低着头,他骂她为什么低头,他叫她抬起头来,她抬起头,吐出一句话:

"我很爱他,我不爱你。"

C突然后悔为什么要叫她抬起头来,自取其辱。他真是该死,他立即又变成一个可怜的失败者了。回到家里,他打开衣柜,看到镜中的自己,他发现自己突然苍老了许多,伤心得倒在床上。

他想复仇,是因为悲伤。但我忍不住告诉他,他这种男主角,通常得不到大众同情。我们总是认为,男人被女人抛弃或是受到感情打击,应该暗自神伤,这样才像一个男人。

大家会原谅被抛弃的女人千方百计向那个男人报仇。我们总是认为,女人复仇,是因为爱。男人复仇,是因为恨。爱当然比恨高尚。男人可以复家仇国恨,却不应拘泥于男女之恨。

男人复感情的仇,并不讨好。

七天的爱情

一个女人谈到她第一段婚姻。那时,她结婚七年,有两个孩子。当她发现丈夫有外遇时,几乎疯了,天天跑到第三者的家里大吵大闹,第三者怕了她,不再跟她丈夫来往。她以为保住了这段婚姻。

一年后的一个星期天下午,阳光温煦,她和丈夫带着两个孩子到公园玩耍。她坐在草地上,依偎着丈夫,丈夫温柔地跟她说:

"我想搬出去住。"

她以为他说笑。

他说:"我在外面有女人。"

她仍然以为他说笑。

他说:"跟你住在一起,我觉得对不起她,跟她住在一起,我又觉得对不起你,所以我会一个人住。"

她开始意识到他不是说笑的,她问他:

"你认识她多久了?"

他说:"七天。"

她问他:"你跟她上床了?"

他说:"还没有。"

她惨笑。从恋爱到结婚,她跟这个男人一起十多年了,却敌不过一段七天的感情。她为他生儿育女,却敌不过一个没有跟他上床的女人。

营养一段爱情的,从来不是时间,时间只是营养感情。营养爱情的,是感觉,营养感觉的,是还未到手的东西。

过去了，都过去了

要从失恋的痛苦中复元过来，只有一个办法，那就是学习去接受事实。事实是：这一段情已经过去了。

无论这个人有多好或多坏，无论那些日子多么快乐，现在已经过去了。只有接受这个事实，你才可以忘记一个你应该忘记的人。

有些人看来很理智，他会在失恋后不停分析自己为什么会失恋，又努力想和分手的情人再做朋友。他自以为已经复元了，其实，他做那么多事情，只是没法接受爱情已经消逝了。

当我们还去挽救，还去苦缠，还去找借口，那只是我们不肯承认对方已经不爱我们。

有些人无法振作起来，一天比一天憔悴。他抓住身边几个朋友不放，他们是他的救生圈。无论朋友怎样劝他，他只会重复地说同一句话：

"但是我真的很爱他！我没办法把他忘记。"

你有办法的，只是你不愿意。你害怕当你忘记他，他也会忘记你。

什么事情都会成为过去，我们是这样活过来的。

我们变调了

有时候,爱情会变调,生命会变调,人也会变调。

你以为找到了一支生命中最动听的乐章。你和他水乳交融,不可能再爱另一个人了。可是,有一天,他说:"也许我并不适合你。"

那一支歌,顿成绝唱。

他说他对你再没有感觉。没有爱的感觉,也不会有痛的感觉。

什么是感觉?不如说,我们的爱情变调了。

两个人相遇相爱的时候,两支歌交会,变成一支歌。我们的音符本来不一样,时间也不相同,两支歌却出奇地配合得天衣无缝。忽然有一天,这一支歌又变回两支不同的歌,调子愈来愈无法结合。我们成长的步伐不同了,我们不再那么了解彼此了,甚至于我们所说的每一句话,互相都有所不一样了。

情是什么时候变调的?既然调子已经变了,何必还去追问?他说:

"你会找到一个比我好的人。"

你微笑说:

"但我不会再对人那么好了。"

不想分手的理由

当大家的生活愈来愈不一样,大家所追求的东西也愈来愈不一样,你还会不会勉强去维系一段感情?

假如我们是旁观者,我们可以非常洒脱地说:

"当然没有必要再走在一起!"

然而,你是当事人的话,还能够这样洒脱吗?

人总是自欺的时候多于欺人的时候。

明明大家的想法已经愈走愈远,念及多年的感情,我们还是会一拖再拖。我们会以为争执是很平常的。我们一向都是这样吵架,过几天便会和好如初。我们不肯承认,现在吵架的理由已经跟从前不一样。从前的确是为了一些鸡毛蒜皮的小事吵架,今天却是因为大家的想法已经有了距离。

每一次,当我们对这段关系心灰意冷的时候,我们总是找理由去安慰自己:

可能近来工作太忙了,大家的心情也不好。

可能近来关系太平淡了,感情总会有高潮和低潮。

找那么多的借口,只是因为我们害怕分手,我们害怕要重新适应另一个人,我们更害怕寂寞。和他一起虽然闷,没有他的日子怎么办?

不要再投资下去了

有时候，我们不愿意离开一个人，是因为我们在他身上投资了太多东西，包括感情、青春，甚至是金钱。

跟他的关系愈来愈坏，彼此的话题愈来愈少，相处得愈来愈不开心，无数次想过要分手，却仍然留下来，因为已经投资了那么多，没理由现在放弃。

半途放弃，以前的损失怎么办？

已经下了注，不赢的话，太不甘心了。

于是，每一次闹分手，也不肯真正的分开。

好像还是爱他的，爱他什么呢？渐渐地，自己也不知道为什么爱这个人。

也许，我们只是不肯承认爱情已经消逝了。

我们可以投资在自己身上，却不可能投资一段爱情。

无论你有没有遇上这个人，你也会一天比一天年老，为什么说他耽误了你的青春呢？是你耽误自己。当你付出感情去爱一个人，你也享受那个过程，这不是投资。至于金钱，何尝不是你甘心情愿付出的？

最聪明的投资，是在知道大势已去的时候，立刻抽身而退，不要奢望拿回当初的本钱，也不要再投资下去。趁自己还有本钱的时候，投资在另一个人身上吧。

爱情勤工奖

男人一旦不爱一个女人，他可以变得很懒惰。

E前阵子交上一个女朋友，他并不爱她，他只是太寂寞了，但这个女人很爱他。E说，每次缠绵，都是她替他脱衣服的，他连衣服都懒得脱。在床上，他懒得连一句话也不肯说，事后，还要那个女人出去买东西回来给他吃。

他上一次受的情伤太大了，上一次，他不是这样的，他很勤力，天天去陪着那个他喜欢的女孩子，早上送她上班，晚上接她下班，一星期三天送她上夜校，周末陪她游泳，周日陪她的家人。他每个星期写一封情书给她。

她说想去旅行，他到处为她打听哪个地方值得去，还为她编写行程表。谁知道她原来跟另一个男人去，还带着他精心编写的行程表出发。

原来当一个人不爱你，你多么勤力也是没用的，晨昏定省，管接管送，在床上出尽九牛二虎之力，都是徒然的。

此后，他学会了做个懒惰的男人。

被爱的人，才有资格懒惰，他发号施令，开一句口，甚至只做一个表情，那个崇拜他的女人便为他奔波。她在他面前，是一只勤劳的公蚁，他一不喜欢，就可以践踏她。

爱情是没有勤工奖的。

吻一个你不爱的人

我们吻过的人,我们不一定爱他。

吻他的时候,我们以为自己是喜欢他的,然而,我们很快便知道,我不喜欢他。不讨厌,但是也不至于应该吻他。如果可以的话,我们想擦掉那个吻,宁愿自己从来没有吻过这个人。

既然不爱他,为什么又吻他呢?

也许,那一刻,我们太寂寞,太任性了。

跟他约会了几次,觉得是时候接吻了,也很好奇跟他接吻会是怎样的一回事。吻过了,却一点都不回味。

有时候,是当时的气氛让你很想吻对方。就在那电光石火的一秒,你很想接吻。只要他没有口臭,他的牙齿还算整齐,你愿意吻他。可是,当他的手不规矩,你立刻便后退了。

谁不希望自己吻过的人都是自己所爱,也爱自己的?

只是,有些事情,并不是尽如人意的。

他能抱一个他不爱的人

男人比女人较能拥抱一个已经不爱的人。

当女人不爱一个男人,她不会愿意拥抱他,除非他流泪哀哭,她才会于心不忍抱一抱他,否则,她只会替他翻一翻衣领,扫一扫肩膀上的尘埃,或者拍一拍他的手背,她不会拥抱他。拥抱一个人,毕竟需要付出感情。

但是男人却可以。他已经不爱她了,可是看到她楚楚可怜的样子,他还是会用力拥抱她,就像从前一样。

一个女孩子说,已经分手一年了,但那次见面,他拥抱她,他是不是还爱她?如果他还爱她,那为什么在放手之后,他却说:"不要再浪费时间在我身上。"

男人拥抱一个他已经不爱的女人,不过出于一种悲天悯人的情怀。她需要他抱,她忘不了他,他于是义不容辞地抱她。他不爱她了,但是抱抱她是没有问题的,他有这种绅士风度,他也有义务为旧女朋友提供一个怀抱。如果连一个拥抱都吝于付出,他未免太无情无义了。

男人的肩膀和怀抱,随时可以慷慨就义;女人的肩膀和怀抱却是爱情,只能留给她所爱的人。她会为爱情而收回她的怀抱和肩膀,男人却会为情义付出肩膀和怀抱,他能抱一个他不爱的女人。

再也无觅处

有些东西，一旦消逝了，便再也无处寻觅。

消逝了的友谊和爱情，也都是这样的。你曾经和一位朋友很要好，后来，大家的人生不同了，见面的次数愈来愈少，甚至不再往来了。一天，你忽然想起，你们曾经有一段日子是差不多天天也在一起的呢！今天，即使再见面，也不会像从前那样无所不谈了。原来，人在每一个阶段，也有不同的朋友。友情悄悄消散了，也就再找不回来。

爱情何尝不是这样？曾经很爱一个人，有一天，不再爱了，各自生活。然后，你找不到任何爱过他的痕迹，你是根本从来没有爱过他的吧？大家不是曾经爱得死去活来的吗？

有一天，你在街上碰见他，你甚至连打招呼都不愿意。从前为什么会爱上这个人呢？一定是那时太年轻、太笨，也太不了解爱情。

曾经渴望跟一个人长相厮守，后来，多么庆幸自己离开了？

曾经付出的深情，再也无觅处。

不要相信有王子

一名少女失恋后跳楼自尽,遗下情书。情书上说,她本来是要等王子来把她吻醒,可是,却等不到王子。

王子和公主的童话故事,实在不知荼毒了多少女孩子的心灵。

世上的确有王子,英国、西班牙、丹麦都有王子,情场上,却没有王子。今天还相信有王子,等于相信圣诞老人会在平安夜悄悄把礼物放进你挂在床尾的那只圣诞袜子里。

那个把白雪公主从睡梦中吻醒的王子,不过是天方夜谭。

爱情不是一场追逐,如果你还停留在追逐的阶段,如果你还留在等候王子救赎的阶段,你太不了解爱情了。

爱情是自我完善的一个阶段,我们在经历自己的人生,你爱过别人,被别人爱过,受过伤害,也伤害过别人,欢欣、沮丧、失望、思念、等待,受尽煎熬,然后豁然明白,得失并不重要,最重要是你长大了,变聪明了,你变得精彩,你的人生从此不一样了。

爱情不是在泥土里开出的花朵,而是泥土里的肥料,最后开出的那朵花,是你的人生。你是你自己的王子或公主,你不需要等待任何人来把你吻醒。

傻瓜,不要再相信有王子。

我们的单车

两个人之中,一个人进步了,而另一个没有,常常是感情转淡,甚至分手的原因。一个女人曾经信誓旦旦地告诉我:"我跟他一起许多年了,他对我这么好,难道因为我进步了,我便离弃他吗?我做不到。"

可是,两年后,她终于还是离开了他。过程虽然痛苦,但她知道不能在一段没有进步的关系里耽搁下去。他埋怨她无情,他说:"我也有进步!若不是我的支持,你会有这种进步吗?"

她说:"有时我会希望自己从来没有进步,就像我跟你认识的时候那样,那么,我们的爱情便不会消逝。可是,我宁愿冒着失去你的危险而求取进步,因为这是我的人生。"

然后,她说:"如果你对我的爱够深,你是会和我一起进步的,可是你没有,你停留在那里。"

男人流下了眼泪,说:"不,如果你是爱我的,你不会在进步了这么多之后才让我知道。"

女人凄然笑了:"你看!你都不知道我在进步。"

热恋的时候,我们每一天都有进取的感受,我们会为了对方而进步,无论做什么,都觉得对方在看,所以要为他而做得更出色。后来,我们或是忘记了进步,或是觉得人生有其他更重要的事情,直到被对方远远抛离了,才醒觉到,爱情就像踏单车,只能往前走,无可能后退。

想要去睡觉了

　　人的愿望有时候不过很简单。给你全世界，但不准你睡觉，长夜漫漫，要你日复一日无休止地躺在那里等待天亮，你肯定会举手投降，宁愿用你的荣华富贵换回一宵的安眠。想要去睡觉了——这是多么微小却又千真万确的愿望？

　　跟恋人吵架吵得翻天覆地，两个人互不相让，再吵下去，也不会有结果。这个时候，你们其中一个忽然很想去睡觉。吵架是累人的，尤其没完没了地吵。

　　感情大不如前了，却又还没有到分手的地步，晚上一起躺在床上，相对无言，好想说些什么，却又不知道从何说起，那一刻，只想要睡觉去了。

　　当你提出分手，他哭哭啼啼地挽留。千言万语，你坐在旁边听着听着，竟然一点感觉也没有，只想要去睡觉。因为想要睡觉，才又发现自己对他已经毫无感觉。

　　被自己所爱的人甩了，伤心得死去活来，不是找朋友陪便是躲起来哭。因为害怕回家之后失眠，宁愿天天在外面晃荡到精疲力竭才回去。然后有一天，你再也熬不住了，只想要去睡觉。

　　即使是在花好月圆的日子，他在身边叨念着爱你，信誓旦旦，因为太累了，你渐渐什么也听不见，只想要睡觉去。甜言蜜语和恋人美好的容颜，也抵挡不住慢慢而无奈地漂进的睡眠。

　　亡命天涯的杀手，明知道追兵近了，也要找个地方卑微地睡一会。谁不曾用尽努力保持自己的一条小命？可是，想要去睡觉了，却是心底无可抗拒的呼唤。

相同的时光

当一段感情成为过去,你记得的是一些什么?是爱还是恨?也许都有一点吧。

你记得的和他记得的不一定一样。

女人告诉我,她最记得男朋友喜欢在做爱之后,搔她的胳肢窝。她的男朋友却告诉我,他最难忘记是有一次他生病,她为他煮了一碗面。那碗面,她却没有什么印象。

有个女人,最记得男人写过一张字条给她,说是怎么也不会放弃她。后来,是她放弃了他。分手的时候,男人问她,她是否已经不怀念从前的生活。她的泪水滔滔地涌出来。她不会忘记,二十五岁生日的那天。他带她去一家像梦境般的餐厅吃饭,对她说:

"希望每年的这天,你都会快乐,即使我不在身边。"

也有个男人,最怀念和女朋友某年到北海道一次旅行。他们赶不上火车,天气寒冷,肚子又饿,在街上一直走一直走,竟然无意中发现一家还没关门的店,两个人走进去,吃了一个非常美味的牛肉锅。他因此相信,人生许多美好的东西,都是个意外。

她怀念的,却是有一次,她参加旧同学的婚宴,百感交集。散席之后,她一个人孤单地离去,却看见他来接她。原来,他并没有忘记她。

当一段感情成为过去,我们或许都会幻想,有一天,当我们年老,在某个地方相逢,彼此记得的,都是相同的时光吗?

你曾是我的全部

对一个有责任心的女人而言，最难过的事，不是被自己深爱的男人抛弃，而是要离开自己曾经深爱过的男人。

这个男人，曾几何时，是这个女人生命的全部。从遇上他的那一刻开始，她的世界只有他。因为他，她的眼界开阔了。她从前在其他男人身上所受的苦，在他身上得到慰藉。她学会爱和珍惜。她为这个男人流过眼泪、改变自己，他比生命重要。

然后有一天，这个女人长大了，发现世界这样辽阔，这个男人和所有男人都不是人生的全部。这个曾经是她全部的男人变成她生命里的一部分。在她的世界里，他虽然仍是最重要，仍是她最爱的人，却并非全部。

如果男人也能接受这个改变，是一件好事。可是，曾经因为成为一个女人生命的全部而沾沾自喜的男人，决不能接受自己地位下降，从全部变成一部分。男人缺乏安全感，无法接受自己的女人长大了。他以为这个女人很快就会远走高飞，不在他控制范围之内，于是他用一切方法去缚住这个女人，结果是适得其反。

女人终于弃权，互相怨恨，倒不如分手。

男人并非自私，也许男人还不能明白一个女人终于把男人看成生命的一部分，是一种进步。一个把男人当做生命的全部的女人，只能停留在很低层次，还没有自我完善。

除你以外的快乐

冷战或者失恋,也许并不是一件很坏的事情。

一个人的早上,你可以做自己喜欢的事情,不需要另一个人同意。

以为是世界末日了,可是,海还是那么漂亮,夕阳更是百看不厌。

两个人一起太久了。他的快乐,就是你的快乐。

忽然有一天,他消失了,你才品味到除他以外的快乐。

我们从来没拥有任何人,也不被任何人拥有。不能够忍受寂寞的人,永远也无法享受一个人的时光。

除了你深深爱着的那个人之外,原来还有其他的快乐在等你。

多久没有一个人去旅行了?

多久没有找朋友和旧同学了?

多久没有一个人看电影了?

心里思念着他,没可能放得下。然而,在放不下的同时,体味一下除他以外的快乐,或许可以帮你去遗忘。

曾经以为,除你以外的,都说不上快乐。

然后有一天,学着去欣赏除你以外的快乐。

那些快乐,虽然有所欠缺,也还是一种我从不认识的快乐。

如果没有你

近期一个欧洲洗衣机的广告，没什么大堆头制作，没有天王巨星演出，只有一个叫嘉娜小姐的卡通小女孩唱着："如果没有你，日子将会怎么过？"不知为什么，竟然触动心灵。

是的，如果没有你，千篇一律的日子将会很难过。

如果没有你，当电话铃声响起，我不会再飞奔过去接电话，拿起话筒时，也不会刻意温柔地说："喂？"

如果没有你，我还可以向谁撒娇？还可以埋怨哪一个男人，说他不理我？

如果没有你，我还能够向谁哭诉？

如果没有你，在这么恶劣的天气里，我不知道会不会有明天？

如果没有你，今天晚上，谁可以陪我吃饭，让我点自己喜欢的菜？

如果没有你，我的冰箱里，也无需放着你喜欢的啤酒。

如果没有你，我还可以思念谁？而且思念得那么傻，到午夜也等不到你的电话，便害怕你遇上意外，忘了你是个大人。

如果没有你，唯一的好处，是我也许会变得坚强，因为当你在我身边的时候，你虽然口里叫我要独立坚强，却一直都代我出头。

爱情权力榜

国际政坛、商场、好莱坞，都有一个所谓权力榜，榜上列出一串最有权力、可以呼风唤雨的大人物。爱情，是否也有权力榜？要是有一个爱情权力榜，谁会榜上有名？是那些长得漂亮的人吗？

人长得美，当然掌握多一点爱情的权力，然而，我们也见过漂亮的人受伤害。他们不一定能够随心所欲。

那么，是富有的人吗？

富有的男人似乎比较容易得到女性的芳心。然而，有钱却不一定找到真爱。富有的女人亦然。朋友认识城中一位富豪的千金，一直独身的她说：

"还是不要结婚了，我根本不会知道对方是爱我还是爱我的钱。"

你可以说她悲观，也可以说她其实聪明剔透，对爱情没有任何幻想。

是聪明的人能够登上爱情权力榜吗？

我们却见过不少聪明人恋爱时变得多么笨。爱情并不是智力游戏，最后赢出的不一定是智商最高的那个。许多聪明人都在情场碰得焦头烂额。

是多情的人吗？

多情的人也许能多爱几个人，却不一定能够驾驭他们。玩多角恋爱的人最终也许变成孤身一人。

是花心多变的人吗？

我们见过许多这样的例子：一个花花公子终于遇上一个他愿意为她改变的女人。他安定下来，从今以后只爱一个人。然而，后来的一天，却是这个女人不爱他。他能够抱怨些什么呢？他不也曾这样伤害过别人吗？

是无情的人最有权力吗？

他们无情，不容易爱人，也不容易受伤害。他们早已经不相信爱情，或是天生就不相信爱情。他们仍然会爱上别人，然而，他们的爱很短暂，他们最爱的是自己。这种人无疑是可以登上爱情权力榜的，但条件是：他们最好长得漂亮。

是名人吗？

名人就像名牌，许多人会慕名来爱他们。然而，我们不也见过许多爱情败将都是名人吗？他们能够上榜，却不保证名列前茅。

是坏人吗？

我们只知道好人一定落榜。坏人呢，坏人也有很多种，有一种坏人无恶不作，却是痴情种子，这种坏人应该上不了榜。

是英雄吗？

那么，他几乎必须是一国之首。人们会把女人送到他那里，许多女人梦想着成为他的情人。然而，她们真的爱他吗？还是爱他的权？

榜上有名的会不会是艺术家？

毕加索是真正能够登上爱情权力榜的人物。他一生多情，不断恋爱，他的情人都成了他源源不绝的创作灵感。他的作品极多，抛弃情人的速度也极快，那些可怜的女人只是用来成就他杰出的天才。

而今，我们终于明白为什么没有爱情权力榜，上榜的人太少了。然而，尽管上不了榜，我们都曾经拥有一些权力：当你被追求、当你被爱，你是有权的，有权撒娇，也有权浪掷对方的爱情。

那时候，要是你和他在街上吵了一架，他像小狗般跟在你后面，你可以转过头来骂他：

"别跟着我，我不想看见你！不想感觉到你！"

他以为你讨厌他，不敢再跟在你后面。

你一直走一直走，回头发现他不见了。你打电话质问他："你跑哪里去了？"

"你说你不想见到我，所以我走了。"

"我不想见到你，可没说不想让你见到我啊！"你生气地说。

然而，当他不爱你，你也就不再拥有这种权力。

也许，还是法国人说的对，人不要拥有太多，只要有一点爱、有一点钱、有一点权就好了。

我们要的不就是那一点撒娇撒野的权吗？

情人是一种叛逆

城中一位高官的婚外情闹得沸沸扬扬，妻子那句："她想要名分是不会成功的。"更成了名言。

问题是：第三者想要的，真的是名分吗？婚姻能够代表终极的幸福吗？

我的朋友 M 小姐说：

"问题在于一夫一妻制。我还是赞同摩梭族的走婚啊！"

我表哥说："女人专一而决绝，男人多情而婆妈。"

这点我并不完全同意，我见过专一而婆妈的男人，也见过多情而决绝的女人。

我告诉表哥：

"王尔德说，女人再婚，是因为她太恨以前的丈夫。男人再婚，是因为他太爱以前的妻子。"

表哥大大不同意，跟我争辩起来。我笑笑说："这不是我说的，是王尔德说的。作家有时会为了一句好句而牺牲全世界。说到底，这句话只是一种幽默。"

但是，结过两次婚的表哥还是痛骂王尔德说得不对，我只好说：

"等我结过婚了，再跟你讨论吧。"

没结过婚的人，就像身处围城外面的人，只能隔岸观火。所以，我以前有位朋友曾经高呼：

"好歹要结一次婚，然后再离婚！"

后来，她结婚了。我不知道她现在离婚了没有。

我也想起，有些刚刚做了母亲的女人几乎是颤抖着嘴唇，幸福而又激动地说：

"女人一定要生过孩子才算完整。"

我始终不明白，女人为什么要生过孩子才算完整。一个不要小孩子的女人难道就支离破碎吗？也许，结婚或成为母亲，都是一种宗旨，不管发生什么可怕的事情，不要问上帝去了哪里，只要相信，不要怀疑；就像爱情，那纯粹是个人的感觉，你用不着要求别人相信你的爱情。

关于婚姻和情人，还是法国人比较浪漫。我的新朋友L小姐留学法国，在巴黎住了很多年。有一次，她探访一位法国朋友，那位朋友有两位已婚的女儿，这位母亲对L小姐说：

"我大女儿最近很烦恼啊，她有很多情人。我二女儿很痛苦啊，她丈夫对她很好，可她有了情人。"

L小姐听得傻了眼，这两位有婚外情的女人长得极为平凡，横看竖看都不像那么受欢迎。而且，那位二女儿不是说丈夫对她很好吗？

也许，在法国，婚姻和婚外情并不互相矛盾，情人是一种私隐和个人的追寻，连伴侣都无权过问。

已故法国前总统密特朗的婚外情在任时举国皆知，却从来没有人要求他下台。L小姐说，法国人觉得他们的总统工作这么辛苦，有个情人也很应该，何况，这是他个人的私隐，其他人没资格批评。

我忽尔想，发生在法国的情杀案会不会很少？在一个对感情这么坦荡的国度里，还能有什么恩怨情仇？

我不会把婚姻的问题归咎于一夫一妻制。即使变成了一夫三妻或三夫一妻，也还是会有婚外情的。一旦有一个制度在那儿，便会有人站出来挑战或怀疑那个制度。

婚姻的敌人是自由，自由最大的敌人却是寂寞。

人因为想要一个厮守终生的伴侣而结婚，婚后却因为跟这个伴侣绑在一起而失去了自由。即使是最卑微的人也拥有追求自由的本性。然而，我们向往的却不是与生俱来的自由，而是经过努力争取的自由。

情人是对自由的追寻，即使这种自由带着悔疚和罪过。曾几何时，人们以为那股义无反顾的激情是难舍难离的爱，是相逢恨晚的痛楚，到了后来，我们才终于了悟，那是对一切规则和束缚的叛逆。

没有嫁给你

我最害怕的事,是我最终没有嫁给你。

故事总是这样发展——相处五年、十年、十五年的人,我离开他。然后,跟一个相识不久的人步入教堂。我忘却十年的盟誓,向另一个人许下一生一世的誓言。

跟我共度余生的人,竟然不是你。而我不会难过,只是在无眠的夜里,偶尔会怀念你,觉得伤感。一段漫长的爱情,在我的婚姻以前结束。另一段爱情,在婚姻以后开始。我们各走各路。

过去的日子变得很模糊,总是女人流着泪,要男人一次再一次保证不会走。

男人没有走,女人却走了。

而我记得,有一个清晨,我坐在你的大腿上,双手勾着你的脖子,脸贴着你的脸……我多么不愿意失去这些日子。

我的岁月因为有你,而有欢愉。

我努力好使自己活得灿烂,令你目不暇给。而你使我觉得自己不再是一个漂泊的女子,因为有一个宽厚的肩膀让我歇息。

可是,我害怕。我们一起度过了颠簸、患难的岁月,却不能共度余生。我们都是可怜的棋子,任由命运摆布。

我并不害怕,是你最终没有娶我。我是宁愿由你来负我。我无法负你。

爱情的风光

友人问:"男人最风光的时候爱的女人,才是真爱。这句话是否也有几分道理?"

那要等我多爱几个风光的男人,才能够回答这个问题。

我只记得,我有一个朋友,他在最穷困的日子里爱过一个女人,那时,他唯一能送她的,只有一枚便宜的足金指环。许多年后,当他稍微有点钱,可以买些昂贵的礼物送给女朋友时,他总会想起当年陪他一起吃苦的那个女人,觉得自己亏欠了她。

我也认识一位富商,他如今拥有幸福的家庭和花不完的财富,但他还是会带着些许遗憾告诉我:

"我以前爱过一个女人,要是她现在还跟我一起,她也许会很幸福。"

我们不得不承认,男人终究是多情种子。他们渴望风光,风光的时候,却又怀念那些在他不风光时也爱他的女人。

那才是真正的爱吗?男人却不会认同。不管有多么遗憾、多么内疚,他们几乎都不会回去当天那个女人身边,有天重逢,那又是另一回事。

也许,像男人这种生物,只有在风光的时候才更懂得爱。当他在风光中,已经不是青涩少年,对人生和女人的了解都多了一些,也没有了生活的负担和忧虑,他会比以前更有能力去付出,更渴望与人分享成功的喜悦,终于,到了这时候,他学会了如何去宠一个女人,那是男人爱情的最高境界。

是的,是宠爱,那个境界只有少数男人能够到达。爱一个女人,就是要宠她、纵容她。即使多么好强的女人,也渴望有那么一刻会发现,她所爱的男人是宠她的。

男人会感激同他甘苦与共的女人,他几乎怀着敬意去爱她。然而,当他能够宠爱一个女人,他才是学会了怎样做一个男人。

友人说:

"那么,我们是否也可以倒转过来说:女人风光的时候所爱的男人才是真爱?"

我笑笑说:

"女人风光的时候,真正爱的是自己。"

当一个女人有了能力,用不着为生活和世俗的条件去爱一个男人,那也是她懂得爱自己的时候。

因为爱自己,所以尊重爱情。这时候,她会找一个懂得爱她和迁就她的男人。他也许是生活的伴侣,也许是灵魂的伴侣,孰者为先,要看她当时想要的是什么。

因为爱自己,才终于明白爱着别人或渴望别人来爱你,是多么疲累和容易受伤。唯有爱自己是永不会受伤的。

当你不拥有什么,你唯一能做的也只是舐伤口,那是甜蜜的毒药。当你拥有自己的人生,有能力独立生活的时候,你只肯容许一个小小的伤口。

唯一能伤害我们的,不是男人或爱情,而是我们自己,女人却要等到风光的时候才明白这个道理,终于,她深深爱上的是那个曾经脆弱和天真的自己。

谁能为真爱下定义?

微时也好,风光时也好,谁能说哪个时候所爱的才是真爱?也许,当时都爱得真,却不一定爱得好。

友人问:

"那么,应该在男人微时还是风光的时候爱他?"

要是无常的爱情有得选择,当然是在他风光的时候。假使你搭的这班机早晚是会坠机的,到时候每个人都难逃一死,那么,当然要坐头等舱,起码,你在死前享受过头等的待遇。

然而,爱一个女人,还是在她微时吧,那时候,她能够给你更多的青春和时间、爱和仰慕。

万物有时，爱情也有时

万物有时。四季迁移，日月盈亏，也有一个时序。鸟兽虫鱼，都有感应时间的功能。花开花落，也有自己的时钟。古埃及人发现每当天狼星在夏夜的星空中出现就是尼罗河泛滥的先兆。大戟树冒出新芽时，乌干达的巴尼杨科勒人就知道连绵大雨即将来临。住在委内瑞拉奥利诺科河沿岸的印第安人，听到吼猴在午夜或破晓时分尖叫，看到某些树上忽然繁花似锦，就知道雨季将会来临。

人类也能凭着生理节律感应时间的长短。老人家知道明天会下雨，因为他们的风湿开始发作了。古代的哲人能预知自己大限将至。至于他们是怎么知道的，那就天晓得。

万物有时，怀抱有时，爱情也是有时序的。

起承转合，从零到零，也是一个时序。聪明人能够感应到他们的爱情还有多长，笨人却懵然不知。如果要走到分手的那一步，事前必定有许多征兆，正如尼罗河泛滥前，天狼星会在天边出现。

爱情有生、老、病、死。爱情老了，生病了，治不好，爱情就会死。爱情要死，是时限到了，我们何必要恋恋不肯放手？万物有时序，你不可能一无所知，你只是希望把大限再延迟一点。延迟一点，还是要完的。花开花落，万物有时，你为什么不肯接受这是自然的定律？

不如暂停一下

读书时参加过球队的人都知道，在比赛中，"暂停"是很重要的。在适当时候运用暂停，足以影响胜负。

这是我们以前知道的，却常常忘记。

你多久没有用过"暂停"？

在跟人谈判的时候、在争取自己想要的东西的时候，适当地运用"暂停"，是买卖赢输的关键。"暂停"有时会有意想不到的效果。出色的演说家在演说时往往在某些地方停顿一下，听众因此被他牵引着情绪。在争取自己想要的东西，而又毫无进展的时候，你为什么不暂停一下呢？叫"暂停"的一方，不一定会输的。

在人生和爱情路上，你是不是很害怕"暂停"？

暂停一下，不一定是坏事。你们近来天天见面，开始有些厌倦了，那为什么不暂停一下？你们近来的关系很紧张，大家都觉得很累，那为什么不暂停一下？你们最近常常吵架，大家都有意思分手，但你舍不得。那么，不如暂停一下。不必害怕"暂停"，"暂停"只是让你好好想想自己到底需要什么。

暂停，是为了走更长远的路。

爱情，本来就是邪教

专家说，邪教通常有五大共通特点：
一、要求信众与亲友脱离关系。
二、要求各人的思想和行为一致。
三、若提出异议便会受到惩罚。
四、一经加入不准退出。
五、有一位魅力领袖。

此外，信仰与文化程度没有必然关系，早阵子有多名信徒集体自杀的教派，核心成员都受过高深教育。

这像不像爱情？

当你疯狂地爱上某人，自然就会远离你的父母、朋友。如果父母反对，你会义无反顾地跟父母脱离关系。

当你爱上某人，你的思想和行为会逐渐和他一样。

他说的一切，你不会有异议。

一旦爱上他，你不会退出，也不会批准他退出，相信地久天长，矢志不渝。

一个能令你疯狂的情人，必然是一个充满魅力的魔鬼，你总是泥足深陷地迷恋他。

即使你本来灵巧、聪明、受过高深教育，当你爱上一个人时，依然会变得愚蠢，你受的教育毫无意义。

邪教的"盼望"是有一天，信众同登天国。我们相信爱情时，不是也相信那是一条登往天堂的路吗？只是，我们终于知道，我们要去的，是地狱。

最伟大的爱原来是——

一名四十岁的女子，上班不到三天就被雇主辞退，情绪激动，危坐窗外，被消防员救下。

记者采访该名女子的五十一岁丈夫，她丈夫说，妻子自幼被家人宠坏，性格软弱，脾气古怪，凡事斤斤计较，对人从不忍让，频频换工作，最长的一份工作也做不够一年。每当工作上稍有不如意，她便以自杀威胁丈夫替她缴付辞职代通知金，让她可以立即辞工，多年来，丈夫已为她付出一笔可观的辞职代通知金。

这个丈夫真是伟大。什么男人可以容忍这样一个妻子？他不但容忍，而且宽恕、接纳、谅解。

每个人都有尊严和底线吧？谁喜欢容忍别人？但为了生活，不得如此，却有一个女人这么幸福，每一次，她不能容忍别人，她丈夫都为她付出代价。一直容忍她的，是她丈夫。她自己才是那个令人无法容忍的人。

四十岁人，一女之母，依然经常可以用自杀来威胁丈夫替她收拾残局，这也是一种幸福吧？

所谓爱，便是容忍一个行为有偏差的情人，不必改变他，不必将他纳入正轨，而是纵容他，默默为他善后。

最伟大的爱原来是纵容。可惜，被纵容的人只会以为那是理所当然。

图书在版编目(CIP)数据

爱上了你／张小娴著．－天津：天津人民出版社，2005.11

（新经典文库）

ISBN 7-201-05175-X

Ⅰ．爱… Ⅱ．张… Ⅲ．散文－作品集－中国－当代 Ⅳ．I267

中国版本图书馆CIP数据核字(2005)第141631号

著作权合同登记号　　图字：02-2005-140

本书经青河文化事业出版有限公司授权出版中文简体字版本，非经书面同意，不得以任何形式复制、转载。本书仅限在中国内地发行。

爱上了你

作　者	张小娴
丛书策划	新经典文化（www.readinglife.com）
责任编辑	季晟康　陈海燕　魏　玲
助理编辑	张进娜
装帧设计	严　冬
封面插图	数据方舟·陈娟
内文制作	白雪艳
出版人	刘晓津
出版发行	天津人民出版社
社　址	天津市和平区西康路康岳大厦（300051）
网　址	http://www.tjrm.com.cn
邮　箱	editor@readinglife.com
经　销	新华书店
印　刷	三河市三佳印刷装订有限公司
开　本	890×1240mm　1/32
印　张	8.625
字　数	198千
版　次	2006年1月第1版　2006年9月第5次印刷
书　号	ISBN 7-201-05175-X
定　价	20.00元

版权所有　盗版必究